PADRE POR CONTRATO

JANE PORTER

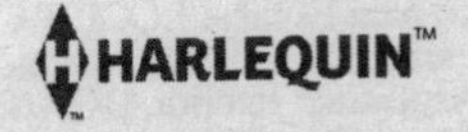

Editado por Harlequin Ibérica.
Una división de HarperCollins Ibérica, S.A.
Núñez de Balboa, 56
28001 Madrid

Padre por contrato, n.º 2612 - 4.4.18
Título original: His Merciless Marriage Bargain
Publicada originalmente por Mills & Boon®, Ltd., Londres.

I.S.B.N.: 978-84-9188-064-6
Depósito legal: M-4023-2018
Impresión en CPI (Barcelona)
Fecha impresion para Argentina: 1.10.18
Distribuidor exclusivo para España: LOGISTA
Distribuidor para México: Distibuidora Intermex, S.A. de C.V.
Distribuidores para Argentina: Interior, DGP, S.A. Alvarado 2118.
Cap. Fed./Buenos Aires y Gran Buenos Aires, VACCARO HNOS.

Capítulo 1

RACHEL Bern tiritaba frente a las imponentes puertas del *Palazzo* Marcello. Espesas nubes negras cubrían el cielo y la marea, que estaba subiendo, desbordaba las orillas de la laguna y empapaba las calles de Venecia. Pero aquel tiempo tormentoso no era muy distinto del de Seattle. Ella se había criado con lluvia y humedad. Esa mañana no tiritaba de frío, sino de nervios.

Aquello podía salir mal y dejar a Michael y a ella en una situación aún peor. Pero no sabía qué otra cosa podía hacer. Si aquello no atraía la atención de Giovanni Marcello, nada lo haría. Había intentado comunicarse con él de todas las formas posibles, sin resultado. Corría un gran riesgo, pero ¿qué más podía hacer?

Giovanni Marcello, un multimillonario italiano, era asimismo uno de los hombres de negocios más dados a recluirse de Italia. Rara vez se lo veía en público. Carecía de dirección electrónica y de móvil. Cuando Rachel se puso en contacto con su despacho, no se comprometieron a pasar el mensaje al consejero delegado de la empresa, Marcello SpA. Por eso estaba ella allí, frente al *Palazzo* Marcello de Venecia, la residencia de la familia desde hacía dos siglos. Los Marcello eran una familia de industriales que, en los cuarenta años anteriores, había ampliado sus negocios a la compra de terrenos y la construcción y que, al mando de Giovanni Marcello, había invertido en los mercados mundiales. La fortuna de la familia se había cuadruplicado, y los Marcello se habían convertido en una de las familias más influyentes y poderosas de Italia.

Giovanni, de treinta y ocho años, continuaba dirigiendo la compañía, con sede social en Roma, pero lo hacía desde Venecia, según había descubierto Rachel. Por eso estaba ella allí, agotada por la diferencia horaria, después de haber viajado con un bebé de seis meses, pero resuelta. Giovanni no podía seguir haciendo como si no existieran ni ella ni Michael.

El bebé se había dormido. Le pidió disculpas por lo que iba a hacer.

–Es por tu bien –susurró–. Y te prometo que no me alejaré mucho.

El bebé se removió como si protestara. La agobiaba el sentimiento de culpa. Llevaba meses sin dormir, desde que se había convertido en su cuidadora. Tal vez el niño hubiera percibido lo nerviosa que estaba; o tal vez echara de menos a su madre.

A Rachel se le llenaron los ojos de lágrimas. Si hubiera hecho más por Juliet, después del nacimiento de Michael... Si hubiera comprendido lo angustiada que Juliet se sentía...

Pero el pasado no se podía cambiar, por lo que Rachel estaba allí para entregar al bebé a la familia de su padre. No para siempre, por supuesto, sino durante unos minutos. Necesitaba ayuda. No tenía dinero y estaba a punto de perder el trabajo. No estaba bien que la familia del padre de Michael no lo ayudara.

Tragó saliva y llamó a la puerta. Los fotógrafos que había cerca del edifico la observaban. Era ella la que había avisado a los medios de comunicación que algo importante iba a suceder ese día, algo relacionado con el hijo de un Marcello.

Era fácil hacerlo cuando se trabajaba, como ella, en publicidad, estudio de mercados y atención al cliente de AeroDynamics, una de las empresas constructoras de aviones más grandes del mundo. Normalmente se dedicaba a atraer nuevos y adinerados clientes, jeques, magnates, deportistas y gente famosa, mostrándoles los elegantes diseños y los lujosos interiores de los aviones. Pero ese día necesitaba a los medios para que ejercieran presión en su favor. Las fotos atraerían la atención, cosa que no le gustaría a Giovanni Marcello. Este valoraba su intimidad, e inmediatamente tomaría medidas para que la atención pública disminuyera. Ella no tenía intención de poner a la familia en una situación embarazosa. Necesitaba que estuvieran de su lado, del de Michael, pero lo que iba a hacer podía hacer que se alejaran aún más de ella.

No, no debía pensar así. Giovanni Marcello tendría que aceptar a Michael y lo haría cuando viera lo mucho que su sobrino se parecía a su hermano.

Abrió la puerta un anciano alto y delgado. Por su aspecto, Rachel se imaginó que sería un empleado de la familia.

–*Il signor Marcello, per favore* –dijo, rogando que su italiano fuera comprensible. Había ensayado la frase en el avión.

–*Il signor Marcello non è disponibile.*

Ella entendió por el «non» que era una negativa.

–*Lui non è a casa*? –se esforzó ella en preguntar.

–*No. Addio.*

Rachel lo entendió perfectamente. Interpuso el pie para impedir que el hombre cerrara la puerta.

–*Il bambino Michael Marcello* –dijo mientras lo

depositaba en brazos del anciano–. Por favor –continuó hablando en inglés– dígale al señor Marcello que Michael tiene que tomarse el biberón cuando se despierte –dejó la bolsa de los pañales que llevaba al hombro a los pies del hombre–. También habrá que cambiarle el pañal, probablemente antes de darle el biberón –añadió tratando de hablar con calma, a pesar de que el corazón le latía a toda velocidad y deseaba volver a abrazar al niño–. Todo lo que necesita está en la bolsa. Si el señor Marcello tiene alguna duda, la información sobre mi hotel está también en la bolsa, además de mi número de móvil.

Dio media vuelta y echó a andar rápidamente porque iba a romper a llorar.

«Lo hago por Michael», se dijo secándose las lágrimas. «Sé fuerte».

No estaría lejos del bebé más que unos minutos, ya que esperaba que Giovanni Marcello saliera en su busca. Si no lo hacía inmediatamente, la buscaría en el hotel, que se hallaba a cinco minutos de allí en taxi acuático.

Sin embargo, cuanto más se alejaba del *palazzo* y más se aproximaba al taxi que la esperaba, más necesidad sentía de dar media vuelta, volver y resolver aquello cara a cara con Giovanni. Pero ¿y si él se negaba a salir a la puerta? ¿Cómo iba ella a obligarlo para poder hablar con él?

El anciano gritó algo, que ella no entendió, salvo la palabra *polizia*. Aturdida y con el corazón desgarrado, centró su atención en el taxi, a cuyo conductor hizo señas de que estaba lista para marcharse.

Una mano la agarró del brazo con fuerza. Rachel hizo una mueca de dolor.

–Suélteme.

–Deje de correr –dijo una voz masculina, profunda y dura, en un inglés perfecto, salvo por un levísimo acento.

–No estoy corriendo –contestó ella con fiereza al tiempo que se volvía e intentaba soltarse, cosa que él no le permitió–. ¿Puede darme un poco de espacio, por favor?

–De ninguna manera, señorita Bern.

Supo entonces quién era aquel hombre. Giovanni Marcello no solo era alto, sino muy ancho de espaldas, de cabello negro y espeso, ojos azules, pómulos altos y boca que denotaba firmeza. Había visto fotos suyas en Internet, no muchas ya que no había tantas como de su hermano Antonio, que acudía a todo tipo de acontecimientos sociales. Pero en ellas siempre aparecía elegante e impecablemente vestido. Resplandeciente y con una dura expresión.

A ella le pareció aún más dura en persona. Sus ojos claros, de un azul gélido, brillaron al mirarla. Ella sintió miedo. Le pareció que, bajo su atildado exterior, había algo oscuro, no totalmente civilizado. Dio un paso atrás.

–Ha dicho que no corría –dijo él.

–No me voy a ir, por lo que no hay necesidad de que me avasalle.

–¿Se encuentra bien, señorita Bern?

–¿Por qué lo dice?

–Porque acaba de abandonar a un bebé en la puerta de mi casa.

–No lo he abandonado. Es usted su tío.

–Le sugiero que recoja al niño antes de que llegue la policía.

–Pues que venga la policía. Así el mundo sabrá la verdad.

–Ya veo que no está usted bien.

–Estoy perfectamente. De hecho, no podría estar mejor. No tiene idea de lo difícil que me ha resultado localizarlo: meses de investigación, por no hablar del dinero que me ha costado contratar a un detective privado. Pero, al menos, aquí estamos para hablar de sus responsabilidades.

–Lo único que tengo que decirle es que recoja al niño...

–Su sobrino.

–Y vuelva a casa antes de que la situación se vuelva desagradable para todos.

–Ya lo es para mí. Necesito su ayuda desesperadamente.

–Ni usted ni él son problema mío.

–Michael es miembro de su familia. Es el único hijo de su difunto hermano, por lo que su familia debería hacerse cargo de él.

–Eso no va a suceder.

–Creo que sí.

–Está intentando provocarme.

–¿Por qué no iba a hacerlo? Usted no ha hecho más que irritarme y provocarme durante los últimos meses. Ha tenido la oportunidad de contestar a mis correos electrónicos y llamadas, pero no se ha molestado en hacerlo. Así que, ahora, le devuelvo lo que es suyo –lo que no era cierto. No iba a dejar a Michael allí, pero no se lo iba a decir.

–Ha perdido el juicio si piensa abandonar al hijo de su hermana...

–Y de Antonio –lo interrumpió ella–. Si recuerda lo que aprendió en la escuela, la concepción requiere un espermatozoide y un óvulo; en este caso, de Antonio y de Juliet –Rachel se detuvo y se tragó el resto de las dolorosas palabras que la impedían comer y dormir. Juliet siempre había sido alocada y poco práctica. Soñaba con flores, coches caros y novios ricos–. Los papeles del ADN están en la bolsa. Encontrará la historia médica de Michael y todo lo que se necesita saber sobre sus cuidados. Yo ya he hecho lo que me correspondía. Ahora le toca a usted –hizo un gesto de asentimiento y dio media vuelta. Agradeció que el taxi la siguiera esperando.

Él la volvió a agarrar, esa vez por la nuca.

–No va a irse a ninguna parte, señorita Bern, sin ese niño.

Ella se estremeció. No le hacía daño, pero le cosquilleaba la piel de los pies a la cabeza. Era como si estuviera enchufada a la corriente eléctrica. Al volverse a mirarlo tenía la carne de gallina y un elevado grado de sensibilidad en todo el cuerpo.

Lo miró a los ojos y sintió frío y, después, calor. Se estremeció. No tenía miedo, pero la sensación era demasiado intensa para ser placentera.

–Tiene que dejar de maltratarme, señor Marcello –dijo con voz débil y el corazón desbocado.

–¿Por qué, señorita Bern?

Ella volvió a mirarlo a los ojos, que habían perdido su frialdad anterior y brillaban de inteligencia, deseo y poder. Tenía una presencia física que la dejó sin aliento. Intentó ordenar sus pensamientos. Respiró hondo y le miró la recta nariz y las arrugas a los lados de la boca. Su rostro no era el de un chico, sino el de un hombre, con arrugas, y si él no le cayera tan mal, le hubieran parecido bellas.

–Está dando un gran espectáculo a los *paparazzi*, por si no lo sabe –susurró ella.

Él frunció el ceño.

–Y el maltrato no quedará bien en los periódicos de

mañana. Me temo que habrá muchas fotos incriminatorias.

–Fotos incriminatorias... –él se interrumpió de pronto, al comprender. Bajó la mano al tiempo que examinaba el ancho canal y la estrecha calle que discurría paralela al agua. Ella se dio cuenta en cuanto hubo detectado la primera cámara y, luego, las demás.

–¿Qué ha hecho? –su voz era más profunda y su acento más pronunciado. A ella se le aceleró el pulso. Había ganado el primer asalto, lo cual la asustaba. No estaba acostumbrada a pelear contra nadie y mucho menos con alguien tan poderoso como él.

–He hecho lo que había que hacer –contestó ella con voz ronca–. Se ha negado a reconocer a su sobrino. Su familia aprueba lo que usted diga, así que he tenido que presionarlo. Ahora, el mundo entero sabrá que han devuelto al hijo de su hermano a su familia.

Giovanni Marcello respiró hondo. Estaba lívido y en estado de shock. Se la había jugado una codiciosa americana, ni más ni menos. Despreciaba a las cazafortunas, gente avariciosa, egoísta y sin alma.

–¿Se ha puesto en contacto con los medios de comunicación y los ha invitado a venir?

–Sí.

Rachel no era distinta de su hermana.

–Estará contenta.

–Estoy contenta de haberlo obligado a salir de su escondite.

–No me estaba escondiendo. Todos saben que esa es mi casa y que, además, trabajo allí.

–Entonces, ¿por qué es esta mi primera conversación con usted?

¿Quién era ella para exigirle nada? Desde el primer momento, su hermana y ella habían querido exprimir a los Marcello. Su hermana, Juliet Bern, no estaba enamorada de Antonio. Solo deseaba su dinero. Y cuando no pudo seguir chantajeándolo, lo intentó con su familia. Y, ahora que ella ya no estaba, era el turno de Rachel.

–No le debo nada; mi familia tampoco. Su hermana ha muerto, al igual que mi hermano. Así es la vida.

–Juliet decía que tiene usted un corazón de hielo.

–¿Cree que es la primera mujer que intenta tender una trampa a Antonio?, ¿o a mí? –ya lo habían engañado una vez, pero había aprendido la lección. Y sabía que no había que confiar en un bello rostro.

–No le he tendido una trampa a nadie. Tampoco me he acostado con nadie. Esto no me resulta placentero, señor Marcello. Me horroriza. No soy imprudente, no me dedico a enamorarme de desconocidos ni a hacer el amor con italianos guapos y ricos. Tengo moral y escrúpulos, y usted no es alguien a quien admire, ni su riqueza lo hace atractivo. Sin embargo, esta puede ayudar a un niño que necesita apoyo.

–Entonces, ¿debo aplaudirla?

–No, simplemente, tenga conciencia, por favor.

Giovanni vio por el rabillo del ojo que un fotógrafo se adelantaba, se agachaba y empezaba a disparar. Lo invadió una oleada de ira. Le resultaba increíble que ella hubiera conseguido sacarlo de su casa y que estuvieran rodeados de testigos.

Desde que dirigía los negocios familiares, había procurado mantener su vida privada fuera de la luz pública. Había tardado casi diez años en recuperar la fortuna y la reputación de la familia. No había sido fácil redimir su apellido, pero lo había conseguido con grandes esfuerzos. Y, en aquel momento, gracias aquella americana, los Marcello volverían a ser pasto de la prensa sensacionalista.

No estaba preparado. Todavía estaba esforzándose en aceptar la muerte de su hermano y se negaba a que su nombre fuera mancillado.

–No pienso continuar esta conversación en la calle. Tampoco voy a dejar que abuse de mi familia. Si hay una historia que contar, seré yo quien lo haga, no usted.

–Es un poco tarde para eso, señor Marcello. La historia la ha captado media docena de cámaras. Le garantizo que, en cuestión de horas, hallará esas imágenes en Internet. La prensa sensacionalista paga...

–Sé perfectamente cómo trabajan los *paparazzi*.

–Entonces, sabrá con lo que van a trabajar: se me verá entregando al bebé a su empleado, a usted persiguiéndome y a los dos discutiendo frente a un taxi acuático. ¿No hubiera sido más fácil haber contestado a una de mis llamadas?

Él le examinó el rostro. Le recordaba a otra mujer que se parecía mucho a ella.

Otra hermosa morena que...

Apartó de su mente el recuerdo de su prometida, Adelisa, pero el hecho de haberla recordado le sirvió para acordarse también de la promesa que se había hecho a sí mismo de no consentir que ninguna otra mujer se aprovechara de él. Por fortuna, las noticias podían alterarse. Rachel había prometido fantásticas fotografías a los fotógrafos, que estos podrían vender a periódicos y revistas, y Giovanni iba a ayudarla en eso al ofrecerles imágenes significativas que captar, que arruinarían la estrategia de Rachel.

La atrajo hacia sí y la abrazó por la cintura mientras con la otra mano la agarraba de la barbilla. Vio un destello de pánico en los ojos castaños de ella antes de inclinar la cabeza y besarla en la boca.

Ella se puso rígida. Él sintió su miedo y su tensión e inmediatamente suavizó el beso. No tenía por costumbre besar a una mujer cuando estaba airado.

La boca de ella era suave y cálida. La atrajo más hacia sí. Le acarició los labios con la punta de la lengua. Ella se estremeció y él volvió a acariciárselos y jugueteó con el superior. Ella soltó un sonido ronco, no de dolor, sino de placer. A él lo invadió un intenso deseo, que lo excitó.

Ella entreabrió los labios dándole acceso al dulce calor de su boca. Hacía meses que Giovanni no disfrutaba tanto de un beso, por lo que se demoró explorándosela.

Lo suspiros y estremecimientos de Rachel aumentaron su deseo. Hacía tiempo que no lo sentía con tanta intensidad. Hacía año y medio que había roto con su última amante y, aunque había salido con otras mujeres, no se había acostado con ninguna. ¿Cómo iba a haberlo hecho si no experimentaba deseo alguno? La muerte de Antonio lo había dejado insensible, hasta ese momento.

Soltó bruscamente a Rachel y dio un paso atrás. Ella se quedó inmóvil, aturdida, y lo miró desconcertada.

–Eso les proporcionará a sus amigos fotógrafos algo interesante que vender. Veremos qué cuentan los periódicos sobre esas nuevas fotos. ¿Se trata del bebé? ¿O hay algo más? ¿Una pelea de enamorados, un encuentro apasionado, una emotiva despedida?

–¿Por qué? –preguntó Rachel con voz ahogada.

–Porque esta es mi ciudad y esa es mi casa. Y si va a haber una historia, será la mía, no la suya.

–¿Y cuál es esa historia, señor Marcello?

–Vamos a simplificar las cosas. Yo soy Giovanni. Mis amigos y mi familia me llaman Gio. Yo te llamaré Rachel.

–Prefiero el tratamiento formal.

–Pero suena falso –afirmó él al tiempo que le retiraba un mechón de cabello del rostro y se lo colocaba detrás de la oreja. Seguía deseándola, lo cual era una novedad después de tantos meses de dolor y vacío–. Ya no somos unos desconocidos. Tenemos una historia, y los medios se enamorarán de ella.

–La única historia es la verdad. Tienes un sobrino al que te niegas a reconocer.

–¿Es de veras mi sobrino?

–Sabes que sí. Te he mandado su certificado de nacimiento y podemos hacer una prueba de ADN mientras esté yo aquí.

–¿Para demostrar qué? –antes de que ella pudiera contestarle, volvió a atraerla hacia sí y a besarla apasionadamente.

Ella no se resistió, sino que se apoyó en Giovanni mientras él le recorría la boca con la lengua, saboreándola y debilitando sus defensas. Cuando se separó de ella, Rachel lo miró a los ojos en silencio.

–Nunca subestimes a tu oponente, Rachel –dijo él en voz baja mientras le acariciaba la arrebolada mejilla con el pulgar–. Desde luego, no debieras haberme subestimado.

Capítulo 2

RACHEL no podía pensar. Apenas era capaz de controlar los miembros de su cuerpo, y mucho menos sus emociones.

El beso la había aniquilado. Había sido maravilloso. Él era maravilloso. Y si Antonio había besado así a Juliet, era comprensible que ella hubiera perdido el juicio por él.

–Ahora vas a pasarme el brazo por la cintura –dijo Giovanni mientras le ponía la mano al final de la columna vertebral– y vamos a volver juntos a mi casa.

–No voy a...

Él volvió a besarla anulando su resistencia. Ella lo agarró del jersey para sostenerse, pero tuvo que apoyarse en su pecho, incapaz de mantenerse en pie.

–Deja de resistirte y pásame el brazo por la cintura –le murmuró él al oído–. Estás haciendo las cosas más difíciles de lo necesario.

–Eres tú quien estás jugando, Giovanni.

–Claro, al juego que quiero.

Ella se lamió el labio superior, aun hinchado. Todavía sentía un hormigueo en la boca a causa de los besos.

–Las reglas no tienen sentido.

–Eso es porque no piensas con claridad. Más adelante las verás claras.

–Pero, para entonces, tal vez sea tarde.

–Es cierto –dijo él acariciándole la ardiente mejilla.

A ella se le aceleró el pulso a causa de la caricia.

–Deja de tocarme.

Él la besó levemente en la mejilla antes de decirle:

–No debieras haber comenzado esto.

Ella cerró los ojos y los labios masculinos le rozaron el lóbulo de la oreja.

–Basta. Se trata de Michael, solo de él –protestó ella, pero con voz débil, que sonó poco convincente incluso para sí misma.

Para él también. Rachel vio un destello de triunfo en sus ojos. Creía que había ganado, y tal vez hubiera ganado aquella batalla, pero no la guerra. Además, ella no iba a asegurar el futuro de Michael si se quedaban hablando en la calle.

O besándose. Ella no besaba a desconocidos. No prodigaba sus afectos. Los hombres la ponían un poco nerviosa, ya que no estaba muy segura de sí misma como mujer. Llevaba años sin tener una cita con un hombre. Juliet le decía a Rachel que gustaría más a los hombres si se relajaba un poco y no se tomaba a sí misma tan en serio, cosa que ella no hacía. Sin embargo, no sabía flirtear y no estaba dispuesta a recurrir al halago para hacer que un hombre se sintiera bien.

Por suerte, en su trabajo no tenía que recurrir a los elogios ni a mostrarse encantadora. Le bastaba con conocer a fondo el avión que tenía que presentar y mostrarse entusiasta sobre él.

–¿Estás lista para entrar? –le preguntó Giovanni besándole la cabeza–. ¿O tenemos que volver a abrazarnos apasionadamente para nuestros amigos fotógrafos?

–¡No! –Rachel le rodeó la cintura con el brazo contra su voluntad y comenzaron a andar, aunque no sentía las piernas.

Aquello era una locura. No podía asimilar lo que acababa de suceder. Tal vez él estuviera loco. Tal vez ella hubiera salido de Guatemala para meterse en Guatepeor. Sus besos y caricias la habían desconcertado.

Nadie la acariciaba ni deseaba besarla. Y Rachel sabía que, en realidad, él no había querido besarla, sino que lo había hecho para recuperar el control de la situación. Había sido un movimiento muy eficaz. Eso era lo que ella no entendía. ¿Por qué besar a alguien se convertía en un modo de manejar una situación? ¿Y por qué había funcionado tan bien con ella? Debiera haberse resistido; debiera haberse sentido escandalizada y ofendida, no haber sentido que se derretía en sus brazos.

Tenía que recuperarse, centrarse y pensar. Necesitaba un nuevo plan y lo necesitaba deprisa.

Se acercaban al *palazzo* y Rachel tropezó. Giovanni la sostuvo con firmeza contra su costado.

–Estamos demasiado juntos –protestó ella.

–Noto que tiemblas. Si te suelto, te caerás.

–Es culpa tuya. No debieras haberme besado.

–¿Hacía tiempo que no te besaban como es debido?

–Yo no diría que ha sido un beso como es debido. En Estados Unidos no maltratamos a las mujeres.

–Sí, he oído que los americanos no saben tratar a las mujeres. Es una lástima –se detuvieron a unos metros de la puerta y él la miró a los ojos–. De todos modos, tienes mejor aspecto ahora, después de haberte besado. Estás menos pálida y tienes mejor cara. ¿Quieres agradecérmelo ahora o más tarde?

Ella sabía lo que Giovanni estaba haciendo: adoptar una pose para ofrecer a los fotógrafos distintos ángulos desde donde disparar. Pero estaba furiosa porque él le hubiera arrebatado su gran momento.

–Esto va a acabar mal.

La puerta del *palazzo* se abrió de repente. Él la mantuvo apretada contra sí mientras entraban al cavernoso vestíbulo, iluminado por una enorme araña de cristal de Murano. Era evidente que un miembro del personal los había estado esperando, ya que la puerta se había abierto antes de que Giovanni la tocase. Este la empujó hacia las escaleras.

«Piensa», se dijo. Tenía que aclararse la mente y hallar una salida a aquella capitulación de la razón y el control.

–Ya puedes soltarme –dijo ella–. Aquí no hay cámaras.

Él bajó el brazo, pero dejó la mano al final de su espalda mientras subían las escaleras de mármol que conducían a un salón de la segunda planta. Las puertas se cerraron como por encanto tras ellos y solo entonces apartó él la mano.

Ella se sintió perdida al mirar una habitación que solo podía considerarse magnífica. Más arañas colgaban del techo. Las ventanas daban al canal y numerosos espejos colgaban de las paredes. Los techos estaban decorados con frescos.

Rachel se hallaba fuera de su elemento, pero no iba a dejar que él lo notara. Bastante malo era ya que creyera que le había gustado que la besara.

–¿Dónde está Michael? ¿Puedes pedir que lo traigan?

–No –Giovanni le hizo un gesto para que tomara asiento–. Antes, tenemos mucho de que hablar.

–Podemos hacerlo con él presente.

–Lo has dejado aquí. No voy a devolvértelo como si fuera un paraguas perdido.

–Sabes por qué lo he hecho.

–Sé que eres una mujer impulsiva...

–Te equivocas de medio a medio. Soy muy tranquila. Pero me has alterado con tu comportamiento desde el primer momento.

–Nos acabamos de conocer y no de la mejor manera posible: después de que hayas abandonado a un bebé en la puerta de mi casa y hayas salido corriendo.

Rachel apretó los dientes para no hablar demasiado deprisa, consciente de que cada palabra que pronunciara podía utilizarse en su contra.

–No lo he abandonado. Nunca lo haría. Lo quiero.

–Pues tienes una forma muy rara de demostrarlo, ¿no te parece?

–Intentaba que me prestaras atención.

–Pues ya la tienes –él volvió a señalarle una silla y el sofá–. ¿Me das el abrigo?

–No, no me quedaré mucho rato.

–¿No crees que estarás más cómoda?

–Lo estaré cuando tenga al bebé.

–Está en buenas manos y tenemos que hablar. Así que te sugiero que te pongas cómoda, ya que es probable que la conversación no lo sea. ¿Quieres un café?

–Sí, gracias.

Él se sacó el móvil del bolsillo y mandó un mensaje.

–Pronto lo traerán –dijo al tiempo que se sentaba en un sillón frente al sofá. Estiró las piernas. Parecía sentirse a gusto–. ¿Estás segura de que quieres quedarte de pie todo el día?

–No pienso quedarme más de media hora.

–¿Crees que podemos resolver el futuro de Michael en treinta minutos o menos?

Su tono era agradable y razonable, demasiado razonable, lo que la puso en estado de alerta. Era más fácil luchar contra él cuando estaba enfadado y a la defensiva.

Rachel respiró hondo y se sentó en el borde del sofá. Cruzó las manos en el regazo y esperó a que él hablara. Era una táctica que le funcionaba bien con los clientes ricos, que creían dominar la situación si eran ellos quienes orientaban la conversación. Dejaría que Gio la dirigiera y, mientras tanto, elaboraría un nuevo plan.

Pero Gio no tenía prisa por hablar. Se apoyó en el respaldo del sillón, estiró las piernas y la observó. No se oía un ruido en la habitación. El silencio era insoportable.

–Si no hablamos, ciertamente tardaremos más de media hora en resolver el futuro de Michael –dijo ella finalmente, muy enfadada con Giovanni. Seguía jugando con ella, lo cual la enfurecía.

–Te estaba dando tiempo para que te recuperaras. Antes temblabas de tal manera que he creído que necesitarías algo de tiempo para descansar y reflexionar.

–Fuera hace viento y frío. Estaba helada, por eso temblaba. Es una reacción natural.

–¿Tienes frío ahora?

–No, se está muy bien aquí.

Él enarcó una ceja, pero no le contestó. Era evidente que quería intranquilizarla, pensó Rachel. Pero ¿por qué? A ella no le gustaba el silencio, pero era preferible a que la abrazara y acariciara. Se le daban muy bien los negocios y establecer y mantener relaciones profesionales. Las problemáticas eran las personales.

Cuando era más joven no había salido mucho con chicos, por falta de seguridad en sí misma. Le parecía que salir con ellos exigía demasiada energía y esfuerzo, para acabar siendo rechazada y con sus sueños destrozados. Se había centrado en trabajar y había ido ascendiendo entre elogios de sus jefes. Mientras que otras jóvenes de su edad se dedicaban a enamorarse, ella cerraba tratos y ganaba dinero para AeroDynamics, y le resultaba tremendamente satisfactorio ser la persona con la que todos podían contar.

Todo eso estaba muy bien en su despacho, pero, en aquella enorme habitación, frente a un italiano, alto, guapo y carismático, estaba aterrorizada.

–El silencio tranquiliza, ¿verdad? –comentó ella tratando de parecer tan relajada como él.

–En efecto.

–Espero que podamos tomarnos el café en silencio. El silencio lo mejora todo –añadió ella cada vez más enfadada–. Sobre todo en una habitación tan impresionante como esta. Supongo que esperabas intimidarme trayéndome a este gran salón.

–Esta no es la habitación más grande de la casa. De hecho, es uno de los salones más pequeños de esta planta, y casi todos creen que es acogedor e íntimo. Es el preferido de mi madre.

Rachel se mordió el labio inferior y apartó la vista. Se sentía cada vez más tímida y resentida. Dos semanas antes, cuando el detective privado le había dado la dirección de Giovanni y se había dado cuenta de que tendría que ir a Venecia, se había imaginado que se encontrarían en un lugar neutral y público, como un hotel o un restaurante.

Había supuesto que él sería orgulloso, arrogante y serio. No se le había pasado por la cabeza que él la besara, que la llevara a su casa y que se encerrara en una habitación con aquel horrible ambiente de intimidad.

–¿Tu madre vive aquí?

–Una parte del año. En invierno se va a Sorrento, a casa de su hermana –Giovanni se levantó, se dirigió a una ventana y se puso a mirar por ella.

Rachel se preguntó si buscaría a los fotógrafos.

Aprovechó la ocasión para examinarlo. Era muy alto, de anchas espaldas, cintura estrecha y fuertes piernas. De él emanaban autoridad y poder, incluso de espaldas.

–Confieso que me sorprende que, en tu desesperación, no hayas intentado ponerte en contacto con ella –observó él, que seguía de espaldas–. ¿Quién mejor que una abuela para aceptar y querer a un bebé?

–He intentado ponerme en contacto en ella.

–¿Y?

–No parece que le interesara.

–¿Te dijo eso?

–No, no me respondió.

–Probablemente no recibiera tus mensajes.

–No solo la llamé, sino que le escribí.

–¿Mandaste las cartas a las oficinas de Roma?

Rachel asintió.

–Por eso no las ha recibido. Todo lo que llega para mi madre pasa por mi secretaria. Ella no se las entregaría.

–¿Por qué no? Eran cartas importantes.

–Mi secretaria tiene órdenes estrictas de no molestar a mi madre con nada que pueda perturbarla o molestarla. Hace tiempo que mi madre no está bien.

–Creo que estaría encantada de saber que Antonio tiene descendencia.

–No quiero ni puedo darle esperanzas, por si tratan de utilizarla o manipularla.

–Yo nunca haría eso.

–¿Ah, no? ¿No le habrías pedido dinero si te hubiera contestado? ¿No le hubieras solicitado apoyo? Sabes que sí. Por eso debo protegerla.

–En mi opinión, tener un hermoso nieto en sus brazos la ayudaría a soportar la pérdida de su hijo.

–Tal vez, en el caso de que el niño sea realmente hijo de Antonio.

–Michael lo es.

–Eso no lo sé.

–Puedo demostrarlo.

–¿Con pruebas de ADN? –se burló él al tiempo que se alejaba de la ventana y comenzaba a andar por el salón–. Yo encargaré las mías.

–Muy bien, hazlas.

–¿Y qué pasaría si fuera hijo de Antonio?

–Que lo aceptarías.

–¿Y eso qué significa?

Ella fue a contestarle, pero se contuvo. Michael necesitaba apoyo, pero no solo económico, sino emocional. Rachel quería estar segura de que no lo olvidarían ni su propia familia ni la de Antonio.

Ya era terrible que Michael se hubiera quedado huérfano a los pocos meses de nacer, pero la forma de morir de Juliet... A Rachel le seguía remordiendo la conciencia porque no se había dado cuenta de lo mal que estaba su hermana, de la profundidad de su desesperación. Ahora podría escribir un libro sobre la depresión posparto, pero el noviembre anterior no la entendía. En lugar de haber buscado atención médica para Juliet, se había limitado a quererla con aspereza, lo cual había empeorado las cosas aún más. Había sido, sin exagerar, el principio del fin. Y era culpa de ella.

Rachel había fallado a su hermana cuando más la necesitaba.

Capítulo 3

GIOVANNI observó que a Rachel se le llenaban los ojos de lágrimas y que se mordía el labio inferior para tratar de controlarse.

Le pareció que estaba actuando.

Adelisa hacía lo mismo. Era hermosa, brillante y vehemente, y le había robado el corazón desde el principio. Le había pedido que se casara con él al final del primer año de relaciones y le había comprado todas las alhajas que se le antojaban.

Y se le habían antojado muchas, y muy caras.

Diamantes, rubíes, esmeraldas, zafiros... No supo lo que había sido de ellos hasta mucho después.

Su familia le advirtió que ella lo estaba utilizando. Su madre fue a hablar con él en tres ocasiones para darle a conocer sus miedos y los rumores que corrían de que se había visto a Adelisa con otros hombres. Pero Giovanni no la creyó. Estaba seguro de que Adelisa lo amaba. Lucía en el dedo el anillo de compromiso y estaba organizando la boda. ¿Por qué iba a traicionarlo?

Seis meses después, llegó a sus oídos que se iban a poner a la venta unos maravillosos pendientes de diamantes procedentes de la familia Marcello. Fue a ver al joyero y resultó que eran unos que había regalado a Adelisa la noche en que se habían comprometido. Valían millones de dólares, pero, sobre todo, eran reliquias familiares que le había regalado de todo corazón.

Se quedó anonadado y se sintió humillado. Su madre estaba en lo cierto. Lo habían engañado. Y todos, salvo él, sabían la verdad.

De eso hacía diez años, pero Gio seguía evitando el amor y las relaciones sentimentales. Era mucho mejor disfrutar de relaciones puramente físicas que ser engañado. Miró a Rachel con los ojos entrecerrados. No era ni alta ni baja, de constitución media, aunque, con su abrigo negro y sus botas a la altura de la rodilla, estaba guapa.

Sin embargo, no quería que tuviera nada atractivo o deseable. Pero sabía que el abrigo ocultaba generosas curvas porque las había notado al apretarla contra sí.

–Entonces, ¿qué plan tienes? ¿Ya sabes cómo vas a lograr que aceptemos al niño? Porque una familia no es solo cuestión de ADN, sino de cuidados y relaciones que se desarrollan con los años. No puedes obligarnos a aceptar a alguien ajeno a la familia.

–Michael es hijo de Antonio y de mi hermana. Sé que mi hermana no te caía bien, pero ella quería mucho a tu hermano.

–Estamos solos. Puedes dejar de actuar.

–Ni siquiera sabes lo que pasó.

–Sé lo suficiente.

–Eso creía yo también, pero me equivocaba. Y Juliet ya no está porque me equivoqué. Michael no tiene a nadie salvo a nosotros. Puedes pensar lo que quieras de Juliet y de mí, pero insisto en que le des al niño una oportunidad –se interrumpió al abrirse la puerta para dar paso a una joven que llevaba una enorme bandeja de plata.

Rachel agradeció la interrupción. Seguía estando muy nerviosa porque él la había besado. Lo había hecho como si ella le perteneciera. Y el hecho de que le hubiera acariciado el interior de la boca con la lengua creando un ritmo seductor que había despertado en ella el deseo...

La voz de Giovanni hablando a la criada hizo que perdiera el hilo de sus pensamientos. La joven dejó la bandeja en una mesita cerca del sofá donde estaba sentada Rachel y se marchó.

Giovanni se acercó a la mesita, tomó una de las tazas y le tendió la otra a Rachel.

–¿Cuándo vas a dejar que traigan a Michael? –preguntó ella al tiempo que asía la taza.

–En cuanto acabe de tomarse el biberón.

–Entonces, ¿está despierto?

–Sí.

–¿Y está bien?

–Parece que ha hechizado al personal y que las chicas se lo disputan para tenerlo en brazos.

–Haz que lo traigan y seré yo la que lo tenga en brazos.

–Aún no te has tomado el café.

–Puedo hacer las dos cosas a la vez. No me prives de estar con él.

–¿Es verdaderamente una privación? Yo diría que es más bien un alivio. En tus cartas parecías estar al límite de tus fuerzas, exhausta y abrumada.

–Has leído mis cartas. Así que te has andado con evasivas.

–Tenía que investigar por mi cuenta.

–Pues has tardado.

–No reacciono bien ante las amenazas.

–¡Nunca te he amenazado! Y no se trata de ti, sino de un niño que ha perdido a sus padres. Es egoísta negarle la oportunidad de una vida mejor. Y no hablo únicamente del aspecto material. También hay un aspecto cultural. El niño solo es americano por parte de madre y necesita conocer a la familia de su padre, formar parte de ella.

–¿Por qué no le bastas tú?

–No soy italiana.

–¿Y eso te parece importante?

–Sí.

–Dudo que valores tanto su herencia veneciana como la riqueza de los Marcello.

–¿No puedo desear ambas para él?

–Pero es que dudo que desees ambas.

–No es verdad. He trabajado mucho para llegar donde estoy, pero, incluso con un trabajo excelente, me cuesta llegar a fin de mes. Como mujer soltera, a punto de cumplir veintinueve años, no estoy en condiciones de criar a un niño sola, mucho menos a un Marcello.

–¿Qué significa nuestra familia para ti?

–Es una familia antigua y respetada, cuya historia se remonta varios siglos atrás. Ha contribuido de forma significativa a la Italia moderna, pero tú, personalmente, has hecho mucho por la economía italiana. Sí –añadió al ver la expresión burlona de Gio– he hecho los deberes. He tenido que hacerlos para encontrarte.

–Hace quince años, la empresa de los Marcello estaba a punto de declararse en quiebra. Nadie quería hacer negocios con nosotros. Me he tenido que dedicar por entero a la empresa para reconstruirla, he sacrificado mi vida personal para centrarme en el trabajo. Así que lo sé todo sobre los negocios, pero no me interesa aumentar la familia.

–Pero es que ha aumentado, con o sin tu consentimiento. No quiero que Michael herede acciones de tu empresa, pero creo que puedes y debes proporcionarle una educación adecuada y las ventajas que yo no puedo ofrecerle.

–Ni siquiera ibas a dejarlo aquí. En realidad, no ibas a separarte de él, ya que, si lo hicieras, no podrías justificar el dinero para criarlo que crees merecer.

–No se trata de mí.

–¿Ah, no? Seamos sinceros, un bebé de seis meses tiene pocas necesidades materiales: leche, pañales, ropa...

–Tiempo, cariño y atención.

–Por los que quieres que se te compense.

–No –replicó ella con furia. Contuvo la respiración y contó hasta diez. Tenía que calmarse. No podía iniciar una pelea antes de que hubieran llegado a algún tipo de acuerdo y no, desde luego, antes de que le hubieran devuelto a Michael–. Ojalá no necesitara tu dinero. Me encantaría poder mandarte a freír espárragos –vio que él enarcaba una ceja–. Es una expresión.

–La conozco.

–He intentado ser educada.

–Por supuesto.

Ante su sarcasmo, a Rachel le entraron ganas de agarrar el atizador de la chimenea y pegarle con él.

–No quiero que me compenses, pero no puedo trabajar y cuidar a Michael a la vez. Mi empresa no tiene guardería.

–Y, si no he entendido mal, el problema desaparece si reclamas las acciones de Antonio en la empresa y te jubilas para criar al niño con las comodidades que se merece –la miró a los ojos. Su tono burlón se ajustaba a su cínica expresión.

–Una historia fascinante, pero no es cierta –comentó ella ofendida.

–¿Tienes los mismo padres que tu hermana?

–Sí.

–Por tanto, te criaste en el mismo hogar de clase obrera.

–No somos de clase obrera. Mi padre era ingeniero de Boeing; mi madre, secretaria de un dentista.

–Teníais problemas de dinero.

–Ser de clase media no es un delito. La riqueza no te vuelve superior.

–Pero te proporciona ventajas desde el punto de vista físico, social y psicológico.

–Pero no desde el punto de vista moral –ella le sonrió ocultando su furia. En su trabajo había conocido a muchos hombres arrogantes y condescendientes, pero nunca la habían avergonzado por tener menos que ellos–. En el plano moral, no eres superior en ningún sentido. En realidad, eres inferior porque te niegas a hacer lo correcto. Te importa más proteger tus negocios que a tu sobrino.

–Hablábamos de la riqueza y sus ventajas, y lo has convertido en un ataque contra mí.

–No te estoy atacando, sino dándote mi punto de vista.

–¿Que eres moralmente superior por ser de clase trabajadora?

–¡Si soy moralmente superior a ti es porque no le he dado la espalda a mi sobrino, como has hecho tú! Conocía a tu hermano porque era mi cliente. Se sentiría destrozado si supiera que has rechazado a su hijo.

–No he rechazado a mi sobrino, y no debías de conocer bien a mi hermano si crees que estaba contento con el embarazo de tu hermana. Estaba destrozado. Aceleró su muerte, así que antes de sermonearme sobre la superioridad moral, ¿por qué no te fijas en tu familia?

Ella no contestó. Giovanni se levantó.

–Tu hermana era la clásica cazafortunas. Quería encontrar a un hombre rico y encontró a Antonio. Le dio igual que estuviera muriéndose y exigirle demasiado. Quería salirse con la suya y lo consiguió. Así que ahórrate los sermones, Rachel. Sé lo que sois tu hermana y tú: unas expertas manipuladoras, pero no voy a dejarme engañar. *Addio*.

Salió del salón dejando la puerta abierta tras él.

Giovanni subió las escaleras de dos en dos, lleno de furia e indignación porque una desconocida pretendiera explicarle quién era su hermano y lo que quería.

De niños, Antonio había sido su mejor amigo. Tenían una hermana menor, pero murió a los seis años de edad, lo cual unió aún más a los dos hermanos.

Fueron al mismo internado en Inglaterra y a la misma universidad. A Antonio le encantaban las finanzas; a Giovanni, la ingeniería y la construcción, por lo que hacían buena pareja y estaban deseando trabajar en la empresa familiar, que fue lo que Gio hizo después de licenciarse en la universidad. Antonio obtuvo una beca para ir a Harvard. Giovanni convenció a su padre de que era una buena inversión mandar a su hermano a Estados Unidos, porque se llevaría de vuelta los conocimientos adquiridos y podría aplicarlos a los negocios de la familia.

Sin embargo, las cosas no salieron así. Mientras estaba en Harvard, una compañía financiera de Wall Street se quedó impresionada con la brillante mente de Antonio y su capacidad lingüística, ya que hablaba con fluidez cinco lenguas, al igual que Giovanni. Le propusieron trabajar en sus oficinas de Manhattan y Antonio aceptó la lucrativa oferta.

A Giovanni no le gustó la decisión de su hermano pequeño. Le pareció una traición. Marcello Enterprises tenía problemas. Su padre llevaba años tomando malas decisiones, por lo que Giovanni, el ingeniero, necesitaba a Antonio para ayudarlo a salvar la empresa. Sin él, podían perderlo todo. Pero Antonio no estaba dispuesto a trabajar en una empresa al borde de la quiebra, aunque fuera la de su familia.

Gio conoció a Adelisa justo después de que Antonio aceptara el trabajo en Manhattan y la hizo partícipe de su enfado y decepción. Ella sabía escuchar muy bien. De hecho, más tarde revelaría secretos de la empresa a otros, lo que minó todo lo que Gio estaba intentado conseguir.

Claro que no todas las mujeres eran como ella. Sin embargo, cuando se era uno de los hombres más ricos de Italia, resultaba difícil confiar en los motivos de una mujer.

Capítulo 4

RACHEL se quedó inmóvil en el sofá durante unos segundos, furiosa, dolida y avergonzada, mientras las duras palabras de Giovanni resonaban en su cerebro.

Gio estaba en lo cierto y se equivocaba a la vez. Juliet deseaba tener un novio rico. Casarse con un millonario había sido su meta desde que estudiaba en el instituto. Era muy guapa y, desde pequeña, había deslumbrado a todos los que la conocían, empezando por sus padres y sus profesores. Se había pasado la vida obteniendo de los demás lo que deseaba.

Rachel creía que ella era la única a la que su hermana no podía manipular, lo cual había creado tensión y fricciones entre ambas, y con la familia, a lo largo de los años. Juliet agarraba una rabieta cuando Rachel se negaba a capitular ante ella, su madre intervenía y se ponía de parte de Juliet invariablemente. La primavera anterior, su madre la había apoyado cuando había comenzado a salir con Antonio y necesitaba dinero para comprar ropa e ir a la peluquería.

Rachel se había negado a dárselo y le había dicho que se pusiera a trabajar y se pagara la ropa con el dinero que ganara.

–No está bien dar a Juliet todo lo que pide –había dicho a su madre.

–¿Por qué eres tan dura con ella? No está hecha para los negocios como tú.

–Eso no es verdad. Es inteligente, pero perezosa.

–Siempre te estás quejando, Rachel. ¿Dónde está tu sentido del humor?

–Tengo sentido del humor, pero es difícil tener ganas de reírse cuando Juliet vive del dinero que le prestamos tú y yo. O alguno de sus novios.

–Al menos tiene novio.

–Desear tener novio no es una gran aspiración.

–Claro, Rachel. Eres demasiado inteligente para enamorarte.

–No, mamá. No lo soy, pero sí para tener el futuro asegurado gracias a un hombre. Juliet cree que no tiene que trabajar porque es guapa, pero la belleza es importante solo hasta cierto punto.

–Le tienes envidia.

–Mamá, ya soy mayor para eso. Puede que se la tuviera cuando, a los catorce años, ella, con doce, me robó a mi primer novio. Ahora tengo veintiocho y muy buenos amigos, un trabajo que me encanta y una vida que me gusta.

–Entonces, ¿por qué te quejas de la forma de vivir de tu hermana? Está segura de haber encontrado al hombre ideal, y espero que anuncien su compromiso un día de estos.

Pero la señora Bern se equivocaba: no hubo compromiso. Juliet se quedó embarazada y su rico novio, Antonio Marcello, un hombre de negocios italiano, había roto con ella y se había vuelto a Italia.

Juliet estaba destrozada. Dos meses después, su madre murió. Sabían que no estaba bien. Lo único bueno fue que falleció de un día para otro, sin meses de sufrimiento.

No habían pasado tres semanas cuando se enteraron por la prensa de que Antonio Marcello había muerto en Roma, en su casa, rodeado de su familia.

Juliet ya no se recuperó después de enterarse. Le faltaban tres meses para dar a luz. Dio a luz presa de la depresión y no se recuperó de ella después del parto.

Rachel se había impacientado con ella en los meses posteriores al nacimiento de Michael. Había intentado ocultar su irritación y levantarle la moral, pero estaba abrumada por la depresión de su hermana y su incapacidad para cuidar del bebé.

Su madre había muerto, Juliet no se levantaba de la cama, el bebé necesitaba que lo cuidaran y ella era la única fuente de ingresos de la familia. Rachel no sabía lo que había ocurrido con su vida.

Ya no era su vida.

Llamaron suavemente a la puerta abierta. Rachel alzó la vista y vio que Anna, la joven criada, se hallaba en el umbral.

–Venir conmigo, por favor. Yo acompañar a la puerta –chapurreó en inglés.

–¿Dónde está el bebé? No voy a marcharme sin él.

–Lo siento El señor decir niño se queda. Venir conmigo, por favor.

–De ninguna manera. No voy a dejar a Michael aquí. Tráigamelo ahora mismo.

–Lo siento. El señor llamar después, ¿sí?

–¿Dónde está el señor Marcello? –preguntó Rachel levantándose y atravesando la habitación.

–En despacho. Venir, por favor.

–¿Dónde está su despacho?

–No, lo siento.

Rachel miró la escalera por la que habían subido. Debía de haber otras dos plantas por encima. Comenzó a subir a toda prisa, seguida de Anna hablando en inglés e italiano a la vez. Rachel no le prestó atención.

–Giovanni –gritó–. ¿Dónde estás? No voy a marcharme sin Michael. Así que, si quieres que me vaya, dame al niño y me iré, pero no voy a hacerlo si...

–¡Basta! –se abrió bruscamente una puerta al final del vestíbulo y apareció Giovanni con cara de pocos amigos–. Desde que has llegado, no has hecho otra cosa que montar una escena tras otra. El personal no está acostumbrado a los gritos.

–Es italiano, por lo que dudo que le sorprenda la emoción genuina –contestó Rachel mientras avanzaba hacia él–. Y tú, ¿cómo has podido marcharte y dejarme así?

–Me he despedido.

–Sabías que no me iría sin Michael.

–Pues antes no te ha supuesto ningún problema dejarlo aquí. ¿Estás segura de que tu hermana y tú no sois gemelas?

No podía haberle dicho nada más doloroso. Giovanni era arrogante y condescendiente y carecía de compasión. Por suerte, no la intimidaba. Pero no conseguiría lo que deseaba si se enfrentaba a él o si lo enfurecía. Y eso iría en perjuicio de Michael.

Juliet había cometido errores, pero su hijo era puro e inocente, y había que proteger esa inocencia. Aunque Rachel le hubiera fallado a Juliet, no iba a fallarle a Michael.

Por eso, aunque le vinieron a la mente decenas de protestas y reproches, lo que importaba no eran sus sentimientos. No era ella la que importaba, sino su sobrino, que se había quedado huérfano y necesitaba que alguien lo defendiera. Y era ella quien iba a hacerlo.

–Me da igual lo que pienses de mí, pero sí me importa lo que pienses de Michael. No ha pedido nacer. Es inocente. Y, te guste o no, lleva el apellido de tu hermano y su ADN, por lo que, si tengo que acudir a los tribunales para obtener tu ayuda para mantenerlo, lo haré.

–No lo dudo, pero comprobarás que la justicia en este país va a paso de tortuga, comparada con la justicia americana. Puede que tengas que esperar, seis, ocho o diez años para obtener una sentencia.

Ella consiguió encogerse de hombros como si no le importara.

–¿Y vas a querer hacerme la guerra públicamente durante tanto tiempo? No parece propio de ti, si tenemos en cuenta lo mucho que valoras tu intimidad.

–Pongamos las cartas sobre la mesa –dijo él– y dejémonos de juegos. ¿Cuánto quieres?

–¿Cuánto apoyo?

–No. ¿Cuánto quieres por él? ¿Cuánto me va a costar quitártelo para siempre?

Capítulo 5

RACHEL contuvo el aliento durante unos segundos y soltó el aire de golpe.

–¿Quieres quedarte con él?

–Tampoco hay que exagerar.

–Entonces, ¿para qué quieres saberlo?

–Tal vez sienta curiosidad por saber lo que quieres para desaparecer de mi vida.

–Así que, en realidad, no quieres quedarte con él, sino deshacerte de mí.

–Quiero eliminar el problema, sí.

–Pero el problema vivirá en tu casa, a no ser que mandes al niño a otro sitio. ¿A un internado para bebés, tal vez?

–No se lo va a maltratar –dijo él mirándola con dureza.

–¿Lo van a querer?

–En mi familia no se acostumbra a maltratar a los niños.

–Eso no es lo mismo que dar cariño y afecto.

–Se le educará como nos educaron a Antonio y a mí: con amor y disciplina, a partes iguales.

–¿Serás tú quien lo eduque?

–Todavía no lo he decidido.

–Entonces, no podré contestarte hasta saber quién va a educarlo. La ayuda económica es importante, pero lo es mucho más el afecto que reciba, ya que determinará que sea o no feliz.

–Sé que los niños necesitan cariño.

–¿Le darás una madre o contratarás a una niñera?

–No voy a buscar esposa simplemente para darle una madre. Contrataré a una niñera.

–¿Pasarás tiempo con él?

–Estoy soltero. Trabajo mucho, pero me aseguraré de que mi sobrino reciba los mejores cuidados que se puedan conseguir con dinero.

Aquello era terrible. Rachel reprimió un escalofrío.

–Michael se merece algo más que una niñera cara.

–Será una mujer con buena formación y dedicada.

–Ya he oído bastante. No voy a dejar a Michael a tu cargo.

–¡Pero has insistido en que se lo educara como a un miembro de la familia Marcello!

–¿Así es como te educaron? ¿Con la mejor niñera que con dinero se pueda conseguir?

–Sí, y en los mejores internados, antes de ir a las mejores universidades.

–¿No te criaste en casa?

–No, y no he salido tan mal, ¿no te parece?

–Eres despiadado.

–Soy práctico, no despiadado. Hay una diferencia.

–Deseo que Michael sea querido y protegido, así que no puedes comprarme. No voy a abandonarlo.

–¿No es lo que has hecho? Se lo diste a mi empleado en la puerta y te fuiste sin mirar atrás.

–Fue un truco a la desesperada para conseguir tu atención. Y ha funcionado.

–Una persona desesperada tiene un precio. Sé que tú tienes el tuyo.

–No estoy tan desesperada.

–Entonces, vuelve a Seattle, Rachel, y deja de hacerme perder el tiempo –Giovanni dio media vuelta y entró en la habitación de la que había salido.

Rachel se preguntó si de verdad era tan frío y cruel o si la estaba sometiendo a prueba. En cualquier caso, no la había asustado. Entró detrás de él en la estancia.

–La vida no es blanca o negra, Gio, ni todo o nada. Creo en la discusión y el compromiso, aunque resulte incómodo. Tenemos que hallar un punto intermedio para llegar a un acuerdo... –se interrumpió al contemplar los elevados arcos de piedra que dividían la amplia habitación en dos. A un lado había un enorme escritorio y una silla; al otro una pared de cristal, rematada por arcos. Cruzaban el techo vigas de madera. El suelo era de mármol y los muebles de esa segunda zona, elegantes. Ella pensó que por eso se decía que los italianos tenían estilo.

–¿Es tu despacho? –preguntó, aún maravillada por la elegante sencillez de la estancia. No había espejos ni cristal de Murano. Solo madera oscura, suelos de mármol y ventanas que dejaban entrar la luz a raudales.

–Sí –Giovanni se había sentado en el borde del escritorio y la observaba.

–Es precioso.

–Gracias. Esta planta es privada. Se construyó para la familia, no para recibir visitas. Pedí a la diseñadora que efectuara algunas modificaciones, pero el edificio data de finales del siglo XV y hemos protegido la arquitectura.

–¿Qué se ha cambiado?

–El suelo de mármol es nuevo. Se quitó la capa de pintura que se había aplicado a las ventanas y oscurecimos los marcos para que hicieran juego con las vigas del techo.

–Entiendo que quieras trabajar aquí. Yo también querría.

–Con la tecnología, se puede trabajar desde cualquier sitio. Yo rindo más aquí que en una ruidosa oficina, con innumerables interrupciones. ¿Qué decías de hallar un punto intermedio?

–¿Podemos hallarlo? –preguntó ella dubitativa–. No espero que seamos amigos, pero podríamos intentar convertirnos en... aliados, por el bien de nuestro sobrino. Creo que lo ayudaría, ya que no le queda mucha familia, por lo que estaría bien que tuviera relaciones cordiales con la que le queda.

Giovanni no supo qué contestarle. Un rato antes, cuando había salido del salón, estaba furioso. Se había sentido insultado porque Rachel había pretendido decirle cómo se hubiera sentido su hermano. Ella no sabía lo cerca que habían estado el uno del otro ni lo mucho que había llorado a Antonio el año anterior. Se volvió a mirar por la ventana.

–¿El bebé está sano?

–Sí –Rachel respiró hondo–. ¿Puedes, por favor, hacer que me lo traigan? Entiendo que te pueda parecer que Michael me es indiferente...

–En absoluto.

–Pero tal vez creas que estoy menos apegada a él de lo que estoy. He estado con él y lo he cuidado desde su nacimiento, porque Juliet no era capaz. Y cuando ella murió, nos quedamos solos. Por eso, estoy deseando volver a tenerlo en mis brazos y todo esto me resulta tan difícil. Hemos estado siempre juntos los últimos meses. Lo echo mucho de menos.

Giovanni no quería que ella le cayera bien ni preocuparse por ella en ningún sentido, pero era imposible no hacerlo al contemplar sus ojos llenos de lágrimas y oír su voz, ronca de la emoción. O bien era una consumada actriz o el niño le importaba mucho.

–¿Puedes llamar para que lo traigan, por favor? –le pidió ella mirándolo a los ojos–. Por favor.

Giovanni no estaba dispuesto a devolver al niño a una mujer que lo había abandonado en manos de un desconocido, pero su ruego debilitó su resistencia. Se sacó el móvil del bolsillo y mandó un mensaje a su ama de llaves para que llevara al niño al despacho.

–Ya está. Pronto lo traerán.

–Gracias –contestó ella sonriéndole.

Su sonrisa lo descolocó. Era una mujer atractiva, pero, cuando sonreía, era decididamente hermosa. Frunció el ceño, enfadado consigo mismo por haberlo notado. No quería que le resultase hermosa ni recordar su cuerpo apretado contra el de él al lado del canal, su calor y sus curvas, ya que eso no significaba que tuviera un corazón puro ni buenas intenciones.

Llamaron suavemente a la puerta del despacho, que seguía abierta. Anna entró llevando en brazos al niño, que estaba despierto y se retorcía llorando. Rachel se adelantó y agarró al bebé. Lo acunó y lo besó en la cabeza y en la sien. El bebé dejó de llorar. Rachel volvió a besarlo mientras lo acunaba dulcemente. El niño alzó la cabeza, la miró a los ojos y le sonrió.

A Gio se le formó un nudo en la garganta. Apartó la vista, incómodo. Aquel era, supuestamente el hijo de su hermano, y él se mantenía al margen.

Se le ocurrió que tal vez hubiera esperado demasiado para conocer a su sobrino. Al intentar ser precavido mientras se llevaba a cabo la investigación, había dejado que se estableciera un vínculo entre Rachel y el bebé. Si se descuidaba, era posible que ella desapareciera con Michael. Ya había perdido a Antonio, por lo que no podía perder también a su hijo.

Se situó tras el escritorio y desplazó un montón de papeles a una esquina,

–Michael está a gusto contigo.

Rachel se quedó inmóvil. Durante unos segundos se había olvidado de la presencia de Gio, lo que le pareció imposible. Giovanni Marcello no era un hombre del que pudieras olvidarte. Poseía una intensa energía que, a veces, resultaba abrumadora.

–Lo quiero

–En realidad, no tenías ninguna intención de dejarlo aquí, ¿verdad?

–Rogaba para no tener que volver a montarme en el taxi acuático.

–Y si yo no hubiera salido, ¿te habrías ido?

–Hubiera regresado al hotel y te habría esperado allí –besó la manita del niño–. Te habría esperado veinte o treinta minutos, pero habría vuelto aquí si no te hubieras presentado.

–¿Y qué hubieras hecho?

–Romper la puerta y gritar como una posesa.

–¿No te inquietó dejarlo aquí?

–Estaba aterrorizada –frotó la mejilla del niño con la nariz–. Pero el futuro era igual de aterrador, así que hice lo que debía hacer con la esperanza de que acabaras saliendo, me ayudaras y te encargaras de que el hijo de tu hermano se criara con quienes lo quieren.

Giovanni se sentó y se recostó en el respaldo de la silla.

–¿Cómo tenías tanta fe en un desconocido sabiendo, además, que yo había rechazado todos tus intentos de verme?

–Porque Antonio la tenía –Rachel vio que la expresión de Gio se oscurecía, pero debía terminar lo que había iniciado. Luchando contra los nervios dio palmaditas en la espalda del bebé–. Decía que eras lo mejor de lo mejor y totalmente digno de confianza; que tu familia no tendría lo que tiene hoy de no haber sido por lo mucho que te habías sacrificado por ella.

–Ayudar a tu familia no es un sacrificio.

–Pero renunciaste a satisfacer tus necesidades para atender las suyas.

–¿Qué fue lo que te dijo Antonio, exactamente? Me interesa saberlo porque me ayudará a mantener viva su memoria.

No era un ruego, sino una orden. Ella sonrió débilmente al tiempo que pensaba lo agradable que debía de ser tener semejante poder sobre los demás.

–Sonríes.

–Pensaba en lo diferentes que somos. He llegado a Venecia muy nerviosa, tanto que llevo días sin dormir y casi sin comer. Me preocupaba lo que fuera a pasar. Estaba segura de que me rechazarías, de que te negarías a vernos, pero tenía la esperanza de que nos recibieras –estaba hablando demasiado, pero no podía detenerse–. Venía preparada a rogarte y suplicarte.

–¿Te das cuenta de que no es esa la manera en que te has presentado aquí esta mañana? Parecías peligrosa.

–Ya sabemos que la primera impresión es la que cuenta. Si hubiera comenzado mostrándome débil, no me habrías respetado ni tomado en serio. Y necesitaba que lo hicieras porque eso cambiaría la vida de Michael.

Giovanni la examinó con sus ojos azules y los labios apretados. Pero algo había cambiado. Hasta el aire parecía diferente, cargado de una energía y una emoción que ella no podía descifrar. Se le hizo un nudo en el estómago de agotamiento y nervios.

–Creo que es hora de que nos vayamos. He reservado una habitación en el hotel Arcadia. Tengo que cambiarle el pañal a Michael y darle otro biberón antes de que se eche la siesta.

Se produjo un largo silencio hasta que Giovanni se inclinó hacia delante y dijo:

–Creo que debieras quedarte aquí.

Ella parpadeó, confusa.

–¿Aquí? ¿Por qué?

–Has invitado a los *paparazzi* a venir –afirmó él al tiempo que se levantaba y se acercaba a ella–. Has soltado a los lobos, y una vez sueltos, no se van a marchar. Te están esperando.

–Lo dices como si me fueran a atacar.

–Porque lo harán. Y no podrás controlarlos –se detuvo frente a ella–. Fuera de aquí ya no volverás a estar a salvo.

A Rachel se le aceleró el pulso, y no porque la estuviera asustando, sino porque, teniéndolo tan cerca, notaba su increíble energía física con tanta intensidad como cuando la había abrazado y besado frente a las cámaras.

–Son fotógrafos, no asesinos.

–Podrían serlo. No son amigos tuyos. Querrán algo de ti continuamente.

–Lo tendré en cuenta.

–Entonces, voy a mandar por tus cosas al Arcadia y te instalarás aquí.

–¡No!

Él no hizo caso de su negativa.

–No estarás segura fuera de aquí. No puedes correr por Venecia, de taxi en taxi, con mi sobrino. Tampoco tienes necesidad de hacerlo.

–No me siento cómoda quedándome.

Él enarcó una ceja.

–Es tu casa, no la mía. No quiero decir que seas un mal anfitrión, pero yo sería un mal huésped. No duermo bien y me paso la mitad de la noche deambulando por las habitaciones, incapaz de relajarme.

–Aquí te relajarás. Te ayudarán con el niño.

–¿Quieres dejar de llamarlo «el niño», por favor? Se llama Michael Marcello.

–Michael Marcello Bern. He visto el certificado de nacimiento. Tu hermana y mi hermano no se casaron. Por eso Marcello es su segundo nombre, no el apellido.

En vez de tratar de encontrarse con ella a medio camino, él se comportaba de manera brusca y negativa y no dejaba de criticarla. No quería ver a Michael como a una persona real y valiosa, sino que lo convertía en un problema, algo sobre lo que discutir como se discutía sobre un acuerdo económico.

–Es un niño precioso y ha heredado el color del cabello y la tez de los Marcello. No sé si se parece a Antonio porque no sé cómo era de niño, pero es muy guapo y...

–Nadie lo está criticando ni nadie te va a encerrar ni a robarte la libertad. Pero necesitas ayuda, como no has dejado de repetir, y aquí la obtendrás.

Rachel miró a Michael. Sus grandes ojos oscuros la miraron con expresión de adoración. Ella lo quería, se sentía tan apegada a él que no concebía la vida sin el pequeño.

–No quiero volver a mi antigua vida. Ahora, Michael es mío. Pero, sí, recibir ayuda estaría bien.

–Entonces, quédate aquí, donde Michael recibirá atención y tú podrás descansar.

Rachel respiró hondo.

–¿Seré libre de entrar y salir? ¿Podré ir a pasear o de compras?

–Sí, siempre que no te lleves a Michael. Él debe permanecer aquí, libre y a salvo. Quiero ocultarlo de las cámaras. Los medios de comunicación no deben dictar las decisiones que tomemos –se sacó el móvil del bolsillo–. Voy a llamar a Anna. Te indicará dónde está la habitación de invitados, en la cuarta planta.

Capítulo 6

RACHEL había estado en Venecia una vez anteriormente y la ciudad le había encantado. Se había pasado toda la estancia deseando perderse dentro de una de aquellas enormes casas que bordeaban los canales, explorar los edificios históricos, descubrir la Venecia que los turistas no veían. Cuatro años después había vuelto y era una invitada en uno de los *palazzi* más bellos de Venecia. La habitación de invitados la dejó sin respiración.

–Su habitación, señorita Bern –dijo Anna al tiempo que abría los altos postigos de madera.

A pesar del día gris que hacía, la habitación resplandecía de color. Las molduras y vigas del techo eran doradas y las paredes estaban cubiertas de seda azul. Una lujosa alfombra azul brillante con el borde de color dorado ocultaba el suelo de madera oscura. Una cama con dosel dominaba el centro de la estancia. Los postes estaban ocultos por opulentas cortinas de seda con cenefas del mismo tono azul que las paredes. El efecto era deslumbrante y habría sido abrumador de no ser por la colcha blanca y las almohadas alineadas contra el cabecero pintado de azul.

Anna le señaló el alto armario con puertas de espejo.

–Para su ropa, ¿sí? –dijo intentando recordar el inglés.

–Gracias.

Anna fue al otro extremo de la habitación y abrió una puerta que daba a otra habitación donde un hombre estaba colocando una cuna.

–Para el *bambino*.

El dormitorio era más pequeño y menos opulento. La cama también era más pequeña, pero el conjunto era bonito, con dos sillones frente a una chimenea de mármol.

–Muy bonita –dijo Rachel– pero Michael puede dormir en mi habitación. Pueden poner la cuna en ella.

–*Non capisco* –contestó Anna frunciendo el ceño.

Rachel no la entendió y estaba demasiado cansada para hacerse entender. La cuna no estaba tan lejos de su habitación si dejaba abierta la puerta entre ambas.

Anna hizo el gesto de comer.

–Comer. Comida. *Pranzo*, ¿sí?

Rachel estaba hambrienta.

–Sí, gracias.

Cuando Anna salió, Rachel se sentó en una silla con Michael en los brazos y suspiró. Estaba agotada. ¡Vaya mañanita! La cabeza le daba vueltas. Cerró los ojos y los volvió a abrir cuando alguien que llamaba a la puerta la despertó.

Vio que Michael también se había dormido. Se levantó con cuidado y fue a abrir. Era Anna que le llevaba la comida en una bandeja, que dejó al lado de la silla. La comida consistía en tostadas con queso, jamón, y crema de bacalao, y una ensalada, con una botella de agua con gas, que Anna abrió.

–Gracias –dijo Rachel.

Gio entró en la habitación cuando Anna salía. Llevaba la bolsa de pañales de Michael, que dejó a los pies de la cama.

Rachel ya estaba comiendo. Dejó la tostada en el plato y se limitó a mirarlo.

–¿Necesitas algo? –preguntó él con brusquedad.

–No, estoy bien –contestó ella obligándose a sonreír–. Me he acostumbrado a comer con una mano.

–¿De verdad que no has tenido ayuda alguna?

–A veces se pasaba algún amigo por casa y, cuando lo hacía, le dejaba al niño e iba corriendo a ducharme y lavarme la cabeza.

–Si yo fuera amigo tuyo, creo que no te haría muchas visitas.

–Ya no lo hacen –Rachel sonrió compungida–. Creo que saben que tendrán que trabajar y que yo desapareceré.

Él se hallaba frente a ella mirándola con el ceño fruncido.

–Se parece mucho a Antonio –tras unos segundos de silencio, añadió–: Dámelo. Lo tendré en brazos para que puedas comer.

Giovanni no tenía mucha experiencia con bebés. No había pensado en ser padre desde que había roto con Adelisa. Pero sintió algo al ver a Michael en brazos de Rachel.

Amor y dolor. No por sus propios hijos, sino por aquel bebé, el hijo de Antonio.

Echaba de menos a su hermano, a su mejor amigo. Antonio era cálido y divertido, ingenioso y encantador. Había equilibrado a Gio y le había proporcionado perspectiva de las cosas. El hecho de ver a su hijo agudizaba su pesar, tal vez porque el bebé revivía a Antonio.

En Michael, Antonio seguía viviendo.

Gio agarró al bebé y se lo colocó con torpeza sobre el hombro. El crío se removió un poco, pero se volvió a dormir. Su cuerpo estaba caliente. El bebé apoyó la mano en su cuello. El tacto de sus dedos le cortó la respiración.

Aunque no hubiera llevado a cabo su propia prueba de ADN, Giovanni estaba cada vez más seguro de que Michael era hijo de Antonio. Había algo en su rostro que le recordaba a la familia Marcello, y no solo porque tuviera el cabello negro y los ojos oscuros. Su forma de fruncir el entrecejo lo hacía parecer un anciano cansado. Era algo que Antonio había hecho desde muy pequeño. Se concentraba intensamente en algo y, una vez satisfecho, sonreía.

La sonrisa del bebé era la de Antonio.

Eso implicaba que Michael debía quedarse en Venecia. Los Marcello eran venecianos.

–¿No vas a echarlo de menos cuando vuelvas a trabajar? –preguntó Giovanni.

–Sí –contestó ella con expresión de tristeza.

–Pues quédate en casa con él.

–Pero necesito dinero para vivir.

–Has venido para solicitar ayuda. Déjame que te ayude económicamente.

–¿Vas a pagarme el alquiler?, ¿las letras del coche?, ¿la comida? No puedo aceptarlo. No quiero depender de nadie.

–Considéralo de otro modo, como un sueldo. En lugar de pagar a una niñera, te pagaré a ti.

–Entonces, serías mi jefe. No, gracias.

–Pero necesitas trabajo.

–Tengo trabajo y me gusta mucho. Necesito ayuda para pagar a una niñera, nada más.

–Pero no solo necesitas eso. Me has dejado claro que quieres que mi familia forme parte de la vida de Michael, que te liberemos de parte de la responsabilidad. Déjame hacerlo.

Rachel apartó la bandeja y se levantó.

–He terminado, así que ya puedo agarrarlo yo.

–No hace falta. ¿Por qué no te relajas un poco?

–Seguro que tienes cosas que hacer. Yo no tengo nada que hacer –Rachel sonrió forzadamente.

–Podrías descansar, dormir un rato.

–No, no puedo dormir –pero volvió a sentarse con las manos en el regazo. Su sonrisa era crispada. Por primera vez, él se fijó en la tensión de su boca y en que tenía ojeras.

–¿Michael duerme bien?

–Se sigue despertando al menos una vez todas las noches.

No era de extrañar que ella estuviera agotada.

–¿A qué edad comienza un bebé a dormir toda la noche de un tirón?

–Michael debiera hacerlo ya. Me temo que es un hábito que ha desarrollado. No toma mucha leche cuando se despierta. Creo que quiere jugar. Estoy intentando convencerle de que es mejor hacerlo durante el día.

–Puedo contratar a una enfermera para que lo cuide de noche, mientras estés aquí.

–No, el niño se asustaría. Bastante tiene ya con no estar en su habitación ni en su cuna. Que una desconocida lo cuidara lo confundiría.

–Pero ¿y tú? ¿No te vendría bien dormir de un tirón una noche?

–Sí, pero me sentiría culpable, por lo que no dormiría, con lo cual no serviría de nada.

–Si piensas volver a trabajar, tienes que acostumbrarte a recibir ayuda. Pronto estarás separada de él ocho horas o más al día.

Vio la tristeza reflejada en los ojos de ella. Aquello tampoco la satisfacía.

–Me alegro de que estés aquí –añadió él–. Ya era hora de que yo desempeñara mi papel –le devolvió al niño con cuidado–. Hablaremos esta noche. Te espero en la biblioteca a las siete. La señora Fabbro se quedará con Michael.

Sin añadir nada más, Gio salió de la habitación.

Con el corazón desbocado, Rachel observó a Giovanni mientras salía.

Todo estaba cambiando. Presentía que, una vez más, su vida iba a dar un giro radical.

Pero antes de que pudiera analizar por qué sentía tanta inquietud, Anna llegó con su equipaje. Dejó la gran maleta y retiró la bandeja.

Mientras la criada deshacía la maleta, Rachel puso a Michael en la cuna. Después no supo qué hacer.

El desfase horario no era beneficioso para la ansiedad y el grado de ansiedad de Rachel era siempre muy elevado. Dormir la ayudaría. Pero en lugar de intentar dormir se puso a pasear por la lujosa suite tratando de liberarse de la sensación de pánico que la invadía.

Entendía por qué Giovanni quería que se quedara en casa de su familia: intentaba limitar el acceso de los medios de comunicación al bebé y a ella, proteger el apellido familiar. Pero para ella era asfixiante. Le costaba renunciar a su espacio personal y creía que había perdido su independencia y el control de su vida.

Antes de la comida, Rachel hubiera afirmado que Gio no sabía nada sobre bebés y que su frialdad se debía a su falta de experiencia con niños pequeños. Sin embargo, cuando había tomado a Michael en brazos, lo había hecho con seguridad y casi con afecto.

¿Y si Giovanni quería hacer algo más que proporcionarla ayuda económica? ¿Y si deseaba que Michael se quedara en Venecia?

La idea la dejó helada. No era solo que se hubiera acostumbrado a cuidar del bebé, sino que era parte de ella. Lo quería. Nunca lo había dicho en voz alta, pero se había convertido en su madre. Si Giovanni intentaba quitarle la custodia, ella se vería metida en un buen lío. Juliet no había dejado testamento ni instrucciones sobre Michael, nada que indicara quién prefería que fuera su tutor.

Gio tenía derecho a solicitar la custodia del bebé.

Rachel rogó que no quisiera ser su tutor porque, en realidad, no quería que tomara decisiones sobre la vida y los cuidados de Michael. Solo necesitaba su apoyo económico para que, cuando volvieran a Seattle, pudiera contratar a una buena niñera, comprar todo lo necesario para el bebé y seguir ella con su vida, una vida de madre soltera.

La señora Fabbro llegó a las siete menos cuarto y se anunció con un fuerte golpe en la puerta. A Rachel no le pareció muy amistosa cuando entró. Su inglés era peor que el de Anna, pero, en cuanto vio a Michael en pijama, sobre una manta en el suelo, no hizo más intentos de comunicarse con Rachel.

A la mujer no pareció hacerle mucha gracia que el niño estuviera en el suelo. Lo tomó en brazos y le habló en italiano como si fueran amigos que llevaban tiempo sin verse.

Michael la miró unos segundos sin saber si era su amiga o su enemiga, pero sonrió y le puso el puño húmedo en la barbilla.

–*Bello ragazzo* –dijo ella en tono de aprobación.

–La cuna está aquí –dijo Rachel entrando en la habitación de al lado–. Y el biberón, allí –le indicó el aparador–. Le doy el biberón antes de acostarlo. Duerme boca arriba, sin taparlo y sin juguetes. ¿Alguna pregunta?

La señora Fabbro negó con la cabeza, tomó la mano de Michael y lo ayudó a decir adiós antes de meterse en la habitación del niño. Rachel los observó durante unos segundos y se le llenaron los ojos de lágrimas. No sabía por qué, ya que debiera estar contenta de que la señora Fabbro fuera tan eficiente, pero Michael llevaba siendo responsabilidad suya tanto tiempo que se sentía vacía sin él.

Al principio, todo había sido caótico y estresante. Sin embargo, hacía poco que había comenzado a sentirse cómoda en su papel de madre de Michael y había entendido que probablemente siempre estarían solos, al menos como núcleo familiar.

Si pudiera llevárselo con él a la biblioteca, se sentiría más segura. Era una buena distracción que contribuía a calmarla. Pero esa noche no podría llevárselo como parachoques. Estarían solos Giovanni y ella.

Rachel se dirigió al armario donde estaban colgados los dos vestidos que había llevado pensando que tal vez cenara con Giovanni Marcello, que este los invitaría a Michael y a ella a su casa o a un restaurante. Pero las cosas no habían salido así. Estaba muy nerviosa.

Se dio cuenta de que se le estaba haciendo tarde, por lo que rápidamente se puso uno de los vestidos, el de terciopelo negro de manga larga, con escote en forma de V, se hizo un moño, se puso unos zapatos de tacón y agarró un chal negro que había sido de su abuela, que seguía siendo precioso y que era perfecto para una noche como aquella, en que Rachel necesitaba confiar en sí misma.

El anciano mayordomo al que había conocido esa

mañana la esperaba en el tercer piso y la acompañó por el pasillo hasta la biblioteca, cuya puerta abrió para ella. Era una habitación sin ventanas, donde las estanterías rivalizaban con pinturas al óleo. El centro lo ocupaban grandes sofás de color granate y sillones tapizados que parecían muy cómodos.

Rachel vio a Gio al otro lado de la estancia. Llevaba un traje oscuro y una camisa blanca. Estaba muy guapo, demasiado, y, de pronto, a ella le pareció raro que no se hubiera casado. Era un hombre que lo tenía todo. Entonces, ¿por qué seguía soltero a sus treinta y muchos años?

Giovanni se volvió al oír cerrarse la puerta. Estaba sirviéndose una bebida y se irguió al ver a Rachel. Parecía distinta: más joven, menos dura y algo menos segura de sí misma.

Antes le había recordado a Adelisa, pero esa noche solo era Rachel. Gio no sabía si se debía a la sencillez de su vestido o a cómo se había peinado. Estaba guapa sin haberse arreglado demasiado.

–Siento llegar tarde –dijo ella.

–No lo has hecho.

–Creo que sí. Diez minutos tarde.

–Solo vamos a tomar un aperitivo antes de cenar. No tenemos un horario fijo –indicó con un gesto de la cabeza las botellas y las copas–. ¿Qué te sirvo?

–¿Tienes vino? ¿O no es adecuado como aperitivo?

–Un vino espumoso es totalmente adecuado. Prefieres un *prosecco*, un *fragolino* o un *brachetto*?

–Te pareceré muy torpe, pero no sé qué diferencia hay entre ellos.

–Todos son vino con burbujas. Y, ¿desde cuándo

importa mi opinión sobre ti? Hoy me has dicho que te daba igual lo que pensara de ti.

–Estaba a la defensiva.

–¿Y ahora no lo estás?

–He tenido tiempo de tranquilizarme y ganar cierta perspectiva. Si vamos a ser aliados, no adversarios, debemos llevarnos bien, ¿no crees?

–Veremos lo que dices cuando te enseñe los periódicos.

–¿Qué dicen?

–Vamos a beber primero.

Gio pensó que a ella no le gustaría lo que iba a ver. A él no le había sorprendido. Era lo que había pretendido, pero lo cambiaba todo para él, para ella y para todos.

–El *prosecco* es un vino italiano del Veneto; el *fragolino* es un vino tinto, también del Veneto en tanto que el *brachetto*, que también es tinto, procede del Piamonte. ¿Cuál prefieres?

–Hay demasiadas opciones.

–Vamos a simplificarlas: ¿blanco o tinto?

–Blanco.

–Entonces un *prosecco* –abrió la botella y sirvió una copa–. Creo que has elegido bien. Este vino procede de los viñedos Marcello.

–¿Tienes una bodega?

–Es pequeña, pero me siento orgulloso. Los vinos están comenzando a ganar premios y a recibir reconocimiento internacional.

–¿Le dedicas mucho tiempo?

–Compré las viñas hace seis años. Estamos comenzando a tener beneficios. Fabricar vino es un trabajo que se hace por amor, no para ganar dinero. Además, yo soy ingeniero.

Ella tomó la copa que le tendía y lo miró a los ojos.

–Quiero ver los periódicos. Me has dejado preocupada.

Él la condujo a la gran mesa que había detrás del sofá. Sobre ella solo estaban los periódicos y algunos folios impresos de distintas páginas web.

En todos los artículos había una foto de Rachel y Michael, pero había muchas más fotos de ella en brazos de Giovanni que del propio Michael. El bebé era una historia secundaria con respecto a la de Giovanni Marcello besando apasionadamente a la madre de su hijo.

Rachel observó las fotos y se ruborizó.

–No entiendo los titulares. ¿Me los traduces, por favor?

El hijo de Giovanni Marcello. La aventura secreta de Gio Marcello. La misteriosa amante y madre de su hijo. ¿Es este el heredero de los Marcello?

Según leía Giovanni, ella se iba poniendo pálida.

–¿No mencionan a Antonio? ¿Creen que el niño es tuyo?

–Creen que es nuestro.

–Pero les dije que el bebé era el heredero de los Marcello –Rachel negó con la cabeza–. Ha sido el beso lo que lo ha cambiado todo, ¿verdad? –lo miró frustrada–. Dijiste que lo haría y estabas en lo cierto.

–Tenía que controlar la historia.

–Pero ni somos pareja ni Michael es hijo nuestro. ¡Es todo mentira!

–A los periódicos sensacionalistas les da igual. Lo único que pretenden es vender y aumentar la publicidad en sus páginas.

–Por suerte –dijo ella mientras los amontonaba rápidamente– los artículos no aparecen en primera página ni son periódicos serios.

–Dos de ellos son nacionales. Los artículos y las fotos no están en primera página, sino en las de sociedad y estilo de vida.

Una vez amontonados, Rachel los dobló por la mitad para ocultar los titulares y las fotos. Después, agarró su copa y dio un trago de vino.

–Nadie me tomará en serio en el trabajo si esta historia se difunde –lo miró con desesperación–. Debes hacerla desaparecer antes de que pierda el empleo.

–Fuiste tú la que iniciaste esto al ponerte en contacto con los medios de comunicación.

–Yo no empecé esto. Les conté la verdad, los hechos.

–Hechos susceptibles de arruinar la reputación de la familia Marcello. No podía tolerarlo.

–¿Acaso mi apellido y mi reputación no importan?

–La reputación siempre es importante, pero tú has invertido en la tuya mucho menos que yo.

–Claro, no soy multimillonaria ni dirijo una enorme empresa. Pero mi apellido también es muy importante; puede que no para ti, pero lo es para mí. Voy a corregir este error.

–No vas a corregirlo. Es lo que yo quiero.

–¿Aunque todo sea falso?

–Nosotros sabemos que lo es, pero el público no. Y, en este caso, la ficción es preferible, porque son titulares a los que podemos dar forma y controlar.

Capítulo 7

RACHEL dejó la copa, medio llena, y se alejó de Giovanni. Solo le había dado un par de sorbos, pero el vino se le estaba subiendo a la cabeza, por lo que le costaba pensar.

También le resultaba más fácil utilizar la lógica cuando no estaba cerca de él. Era demasiado guapo. Parecía un modelo de revista, con sus pómulos elevados, la fuerte barbilla y la firme boca, que tan bien besaba. A diferencia de Antonio, que era despreocupado y simpático, Giovanni era duro y reservado. De él emanaba intensidad, seguridad en sí mismo y poder físico, masculino y sensual.

Incluso en aquel momento, en que Rachel estaba al otro lado de la habitación, seguía sintiendo su energía, que electrificaba la habitación y la electrificaba a ella.

Lo más preocupante era que una parte de ella disfrutaba de esa intensidad, que la atraía, aunque nunca lo confesaría.

El cerebro le lanzaba advertencias diciéndole que Giovanni era demasiado para ella: demasiado duro, demasiado seguro de sí mismo, demasiado peligroso. Su lado práctico entendía que, a él, ella le traía sin cuidado, que no la protegería, que nada bueno resultaría de sentir curiosidad por él.

Pero ya la intrigaba, la fascinaba y la atraía.

Unos segundos antes, cuando estaba cerca de él, hubiera querido que volviera a besarla y a hacerla sentir lo que había sentido esa mañana. Si eso no era una locura...

No, una locura era que, a pesar de que él no le caía bien ni ella lo admiraba, deseaba que la besara y acariciara. La mera idea de que la volviera a besar la hacía estremecerse de deseo.

–¿Por qué quieres que los *paparazzi* crean que el bebé es nuestro?

–Es más sencillo.

–No lo es. Va a ser más difícil convencer a la gente de que somos pareja y tenemos un hijo.

–Ya está convencida.

–¡Pero es que no me gusta esa historia!

–A mí tampoco. Sin embargo, dadas las opciones de que disponemos, es la mejor.

–¿Por qué?

–Porque desvía la atención de Antonio y Juliet. Podemos proteger su memoria y dejar que los errores del pasado se desvanezcan.

–Antonio y Juliet tuvieron un hijo.

–No se casaron, no iban en serio. Fue una corta aventura, una atracción sexual...

–No estoy de acuerdo. Juliet quería mucho a tu hermano.

–Puede que lo quisiera todo lo que era capaz de querer –concedió él al tiempo que se encogía de hombros– pero era una persona egoísta y destructiva y no quiero que la relacionen con mi familia.

–¡Cómo puedes decir eso! –exclamó ella llevándose una mano al estómago e intentando conservar la calma. Juliet no había sido un ángel, pero tampoco la encarnación del demonio. Era una mujer complicada, con aspiraciones que Rachel no entendía, pero, a fin de cuentas, era su hermana pequeña, por lo que le resultaba doloroso oír hablar así de ella.

–Entonces, ¿la conociste?

–No, pero sé mucho de ella y de las mujeres como ella.

Su tono cáustico la puso hecha una furia. Alzó la barbilla con brusquedad.

–Juliet lo quería...

–Te aseguro que no había amor. Tu hermana vio la oportunidad de hacer fortuna y la aprovechó.

–Estoy convencida de que no sabía que Antonio estuviera enfermo. Yo no lo sabía, y fui yo quien los presentó.

–Entonces, eres responsable.

Durante unos segundos, Rachel creyó que bromeaba, pero su expresión era dura y no había ni un destello de calidez en sus ojos.

–¿Necesitas culpar a alguien? Si es así, muy bien, échame la culpa. Soy responsable de la aventura amorosa, del embarazo y de la trágica pérdida de dos personas...

–No me estás ayudando.

–¿No te estoy ayudando? Y tú, ¿acaso solo eres responsable de tus negocios y tu apellido? Dices que mi hermana era egoísta. Pues resulta que tú eres tan calculador e interesado como ella. Es una pena que no os llegarais a conocer. Hubierais sido la pareja perfecta.

–No eres inocente, Rachel, porque has desempeñado un papel importante en este drama.

–¿Ah, sí? Esto es fascinante.

–Más bien, despreciable, diría yo, y me pregunto a cuántos hombres le presentaste. ¿Con cuántos de tus clientes salió?

–Eso no tiene nada que ver con su relación con Antonio.

–Pues a mí me parece que sí. Eras su celestina, ¿verdad? Le presentabas clientes ricos para que encontrara un esposo adinerado.

–Nunca hice de celestina. Antonio y ella se conocieron porque tu hermano y yo estábamos tomando algo mientras hablábamos de la entrega de un avión y ella entró en el café. Los presenté, pero no fue algo planeado.

–¿Así que no salió con ningún otro de tus clientes? Piensa la respuesta porque tu credibilidad está en juego. No fuiste la única que contrató a un detective privado. Lo sé todo sobre sus relaciones con los hombres.

–¿A qué te refieres?

–Llevaba muchos años buscando a un hombre rico y te solía utilizar para que le presentaras a...

–Puede que sucediera un par de veces, pero por casualidad. Nunca me propuse presentarle a ninguno de mis clientes.

–¿Y esperas que me lo crea? – él cruzó la habitación a grandes pasos para acercarse a ella–. Venga, seamos serios. Cuéntame cómo funcionaba. ¿Te quedabas con un tanto por ciento?

Ella retrocedió hasta tocar una estantería.

–¿Cómo puedes decir eso? ¿Qué te pasa?

–Se me acaba de ocurrir que formabas parte del juego. Lo sospechaba.

–Te equivocas. No hay juego alguno, solo un bebé que necesita que lo ayudemos –Rachel tomó aire. Le ardía la cara y el corazón le golpeaba el pecho con tanta fuerza que pensó que iba a vomitar. Giovanni era un ser horrible–. Buenas noches –dijo con voz ahogada, antes de salir disparada de la biblioteca y subir corriendo la escalera de mármol de Carrara.

Oyó que Gio lanzaba una maldición y la seguía. Corrió más deprisa, pero él la alcanzó antes de llegar al piso superior. La agarró de la muñeca para detenerla y, después, le puso la otra mano en la cintura para que se volviera.

–¿Adónde vas? ¿Qué haces?

Ella estaba sin respiración y a punto de romper a llorar.

–No voy a quedarme a escuchar tus horribles acusaciones. Tienes un visión retorcida del mundo, y me niego a que me arrastres a...

Él la hizo callar con su boca. Ella se puso rígida, pero él la atrajo hacia sí. Ella entreabrió los labios para protestar y saboreó el vino dulce y caliente en su aliento al tiempo que olía su fragancia. Gio olía de maravilla.

Era raro que Giovanni le cayera tan mal, pero que le gustaran tanto sus besos.

Hacía que se sintiera hermosa, deseable y maravillosamente viva. Siempre se había sentido así en su interior, pero nadie se lo había sacado a la superficie ni la había considerado otra cosa que una mujer práctica y pragmática. Y fría.

Pero no era fría. Tenía sentimientos intensos y profundos, pero se había pasado la vida tratando de ocultar la intensidad de sus emociones, pero Giovanni las había descubierto y sabía cómo usarlas en su contra.

No supo si él había notado que se estremecía, pero la apretó aún más contra sí y abrió sus labios con los de él, y con la lengua le acarició el labio y inferior y le recorrió la boca.

¿Era terrible que a ella le gustara como la acariciaba?, ¿que agradeciera que le pasara el brazo por la cintura y que le deslizara la mano por la cadera?

Le encantó aplastarse contra su pecho y sus fuertes piernas. Nunca se había sentido tan excitada ni tan bien. Se sentía brillante, hermosa, viva y todo el cuerpo le hormigueaba. Aquello no podía ser verdad, no podía estar sucediendo. Los hombres querían a Juliet, no a ella. Juliet los fascinaba con su perfección física. Rachel distaba mucho de ser perfecta.

Ese pensamiento hizo que se detuviera y puso fin a la magia al recordarle quién era ella, quién era él y por qué estaba él allí.

Se echó hacia atrás jadeando para mirarlo a los ojos.

–No debiéramos hacer esto –dijo en voz baja y ronca–. No va a ayudarnos.

Él la miró y examinó con intensidad cada uno de sus rasgos, antes de acariciarle las cejas con el dedo.

–*Bella dona* –dijo.

Era maravilloso que la acariciara. El deseo bullía en el interior de Rachel. Había olvidado lo que era sentirlo. Y tal vez por eso fuera tan fuerte. Tal vez llevara demasiado tiempo sin sentir nada y, al volver a hacerlo, su intensidad era muy elevada. Le temblaba todo el cuerpo. Cerró los ojos cuando él le acarició la mandíbula y los labios. La invadieron oleadas de placer que le produjeron escalofríos. Era violento sentir con semejante intensidad y desear tanto que la besara y la acariciara.

Tragó saliva y abrió los ojos para mirar fijamente los de Gio. Su brillo e intensidad le revelaron que él también la deseaba. Darse cuenta de ello chocó con su falta de seguridad en sí misma. Tal vez supiera besar, pero no era una experta ni sabía cómo complacer a un hombre.

Además, no debiera estar pensando en hacerlo, si ese hombre era el multimillonario Giovanni Marcello, tío de Michael.

–Ambos lo lamentaremos mañana –afirmó al tiempo que lo agarraba del brazo, ya que no se fiaba de sus piernas ni de su equilibrio–. Dificultará nuestras conversaciones.

–Eres tú la que has dicho que sería mejor que nos gustáramos.

–Pero no me refería al plano físico. No tengo aventuras, Gio, ni busco una relación de pareja.

–¿No tienes novio?

–¡Claro que no! No te hubiera besado si lo tuviera. Hace años que no salgo con nadie –en realidad, nunca había tenido novio en serio ni un amante. Pero no iba a decirle toda la verdad.

–¿Por qué?

–Por la misma razón que tú prefieres vivir aquí, en vez de en Roma. Soy un ser solitario. Me gusta tener mi propio espacio.

–Aunque apenas te conozco, no te creo –le acarició la mejilla y la oreja–. Me parece que necesitas mucho a la gente, siempre que sea la adecuada.

Ella se perdió al mirarlo a los ojos. Tenía razón: necesitaba a los demás. Era difícil ser responsable de todo y de todos, ser adulta desde muy joven.

–Estás en lo cierto –dijo apartándose de él–. Pero tú no eres una de esas personas.

–No acostumbro a discutir con las mujeres.

–Muy bien.

–Pero voy a demostrarte que te equivocas.

–No lo hagas, por favor. Solo voy a quedarme unos días. Centrémonos en Michael, que es lo importante –subió los escalones que le quedaban hasta el rellano y se detuvo para volverse a mirarlo–. Solucionemos esto mañana por el bien del niño. Debo volver a Seattle.

–¿Es eso lo mejor para él o para ti?

–Es lo mejor para ambos.

–No estoy tan seguro.

A Rachel se le cayó el alma a los pies. Él estaba cambiando de opinión y quería que Michael se quedara allí, en Venecia.

Antes de romper a llorar o de decir algo que tuviera que lamentar, huyó.

Gio observó a Rachel mientras desaparecía por el pasillo a toda prisa. La noche no había ido como había previsto y lo sucedido en la biblioteca había sido un error. Sabía que también era culpa suya.

No entendía cómo había perdido el control de la situación tan deprisa y por completo. Estaban hablando de los titulares de los periódicos y, de pronto, se hallaban enzarzados en una discusión sobre lo ambiciosa que era Juliet y lo mucho que él la detestaba. Y había acabado pagando con Rachel su frustración y su furia.

En realidad, no creía que esta fuera la celestina de su hermana ni que se hubiera beneficiado de los planes de Juliet, pero sí pensaba que Juliet era totalmente amoral. ¿Cómo se podía ir detrás de un hombre enfermo, quedarse embarazada aposta sabiendo que el niño nunca conocería a su padre?

Gio distaba mucho de ser perfecto. Como había apuntado Rachel, era ambicioso, pero había una línea que no cruzaba. Juliet no tenía esos escrúpulos, por lo que había complicado de forma innecesaria el último año de vida de Antonio, causando dolor no solo a este, sino a toda su familia.

Pero esa noche no estaba enfadado con Juliet, sino consigo mismo. ¿Por qué se había empeñado en provocar a Rachel? ¿Por qué había querido ponerla a prueba? ¿Qué quería de ella?

Esa era una respuesta fácil de contestar. Pero, ¿qué no quería de ella?

Ella lo había despertado, y el deseo lo consumía. Hacía mucho tiempo que no sentía emociones ni deseo, y en aquel momento experimentaba ambas cosas.

La deseaba. Y la tendría.

Capítulo 8

GIOVANNI se había ido tenso a la cama y, en medio de la noche, lo había despertado el llanto de un bebé, no muy alto, sino inquieto y prolongado. Escuchó con los ojos cerrados y se dio cuenta de que lo había oído mientras dormía y lo había incorporado a su sueño.

No era un sueño agradable. Hablaba con Antonio y discutían, aunque no recordaba por qué. Antonio se volvía a mirarlo y tenía al bebé en brazos. El niño lloraba y Antonio le echaba la culpa de haberlo alterado. Giovanni le contestaba que no había dicho nada, y en ese momento se había despertado y había oído el llanto del bebé al otro lado del pasillo.

¿Nadie lo había ido a atender? ¿No lo oía Rachel? ¿Le había pasado algo a ella?

Giovanni se levantó. Solo llevaba puesto el pantalón del pijama, por lo que agarró una bata. La habitación de Rachel estaba débilmente iluminada por la lamparilla de la mesilla. La vio con Michael en los brazos, dándole palmaditas en la espalda y susurrándole al oído, pero el niño seguía llorando.

De espaldas a Gio, no se dio cuenta de que la observaba. Este pensó que se portaba muy bien con Michael, como lo haría la madre que el crío necesitaba.

Decidió que los dos se quedarían allí con él. Era lo lógico. Michael necesitaba a Rachel y Giovanni deseaba que se quedaran los dos.

–¿Es eso normal? –preguntó acercándose a ellos.

Ella se sobresaltó y se volvió rápidamente hacia él.

–Está echando los dientes, por lo que está muy molesto. Pero no se calma y me parece que está muy caliente. Puede que vaya a ponerse enfermo.

–¿Tiene fiebre?

–Creo que sí.

–¿No lo has comprobado?

–No he traído un termómetro. Compraré uno por la mañana. Si tiene fiebre, lo llevaré al médico, por si acaso –besó al niño en la cabeza–. Siento que te hayamos molestado.

Le dio la espalda y comenzó a andar por la habitación meciendo al niño. Con una bata rosa y el cabello suelto, parecía pequeña y delicada, y estaba muy atractiva.

Gio se excitó. La deseaba. Pero ella se mostraba precavida con él, casi parecía asustada.

–¿Quieres que me quede yo con él ahora?

–Estoy bien.

–Es lo que siempre dices.

–Porque estoy bien.

–¿También cuando estás desesperada?

–Intento por todos los medios no ponerme histérica –afirmó ella sonriendo–. No disfruto estando desesperada.

Rachel parpadeó cuando él soltó una ronca carcajada. Era la primera vez que lo oía reírse de buena gana, no haciéndole burla, y su risa la excitó y la llenó de placer al tiempo que un hormigueo le recorría todo el cuerpo.

–Tienes sentido del humor –dijo él.

–No era lo que creía mi madre –Rachel volvió a sonreír–. Pensaba que me faltaba sentido del humor, sobre todo con respecto a Juliet.

–¿Y eso?

–Supongo que esperaba que me gustaran más las aventuras y éxitos de mi hermana. Pero yo era yo: difícil e irritable –intentó sonreír de nuevo, pero lo hizo forzadamente–. Y, con franqueza, mi hermana no me divertía. Nos daba mucho trabajo y ocupaba buena parte del tiempo de mi madre. O tal vez fuera que ella prefería centrarse en Juliet. Al fin y al cabo, era la hija guapa y encantadora, a la que muchos admiraban. A mi madre le gustaba mucho presumir de ella.

–¿Era guapa tu madre?

–No, era como yo.

–Tú eres guapa.

–No mucho, pero me da igual. He tenido veintiocho años para aceptar mi falta de atractivo.

–¿Lo dices en serio?

–Sí, y no quiero cumplidos, no los necesito. Pero tengo espejo y teléfono. Estoy en las redes sociales. Sé lo que es la belleza y lo que le gusta a la sociedad.

–¿A la sociedad? –se burló él–. ¿A las redes sociales? ¿Dejas que eso te influya?

–Sé lo que es ser hermosa: rasgos clásicos, pómulos altos, labios carnosos, piel blanca... No poseo nada de eso. Tengo la nariz larga, la boca demasiado grande, la mandíbula demasiado fuerte, los ojos demasiado juntos... –se ruborizó, asombrada de haber hablado tanto.

–No estoy de acuerdo en absoluto.

–No me extraña. No estamos de acuerdo en casi nada.

Se acercó a la ventana, que tenía echada la cortina. La descorrió para mirar Venecia de noche, tan misteriosa con su laberinto de canales y puentes.

–¿De verdad corres el riesgo de perder tu trabajo? –preguntó él.

–Ya he utilizado todos los días que puedo tomarme por enfermedad y vacaciones –contestó ella volviendo la cabeza–. Mis jefes quieren que vuelva, o contratarán a otra persona.

–¿Echarías de menos tu empleo si te despidieran?

–Me encantan los aviones y mi trabajo. Me emociona trabajar en el mismo campo que mi padre. Claro que no soy ingeniera aeronáutica, pero comparto con él su pasión por volar.

–Así que no quieres que yo te mantenga. No quieres quedarte en casa.

–¿Eso me convierte en una mala mujer?

–Por supuesto que no.

–¿Tu madre trabajaba?

–No. Su trabajo era estar guapa y gastarse el dinero de mi padre, y hacía ambas cosas muy bien.

–¿Algunas de tus novias trabajaba?

–En realidad, no he tenido novia.

–¿Qué tienes?

–Amantes.

–¿Y en qué se diferencia una amante de una novia?

–En que no hay relación emocional, sino física. No quiero a mis amantes, ni ellas a mí.

–¿Qué sacan de esa clase de relación, aparte de sexo?

–Muy buen sexo. Y regalos.

–Suena fatal –afirmó ella enarcando las cejas–. ¿Has tenido muchas?

–Tengo treinta y muchos años –dijo él con una sonrisa burlona–. O sea que sí, he tenido muchas.

–¿Cómo son? ¿Te gusta un tipo en concreto?

Él se apoyó en la pared y se metió las manos en los bolsillos. La bata se le entreabrió y dejó al descubierto su pecho musculado.

–No tengo por costumbre hablar de mis relaciones pasadas.

Ella se obligó a apartar la vista de su cuerpo para mirarlo a los ojos.

–Supongo que no es para protegerlas, sino porque no te gusta recordarlas. Para ti, recordar no tiene sentido. Lo pasado, pasado está.

–¿Crees que me conoces?

–Eres ingeniero y yo trabajo con ingenieros todos los días. Sois excesivamente prácticos.

–Ahora dirás que carecemos de imaginación.

–De ningún modo. Poseéis una excelente imaginación. Si no lo hicierais, no podríais resolver problemas. Tenéis que imaginar algo para poder construirlo.

–Me fascinas, *bella*.

–Lo dudo mucho.

Gio miró a Rachel a los ojos con tanta intensidad que a ella la invadió una oleada de calor.

–Me gustan las mujeres inteligentes y con éxito. No diría que me gusta un tipo concreto, pero me atraen las morenas de rostro interesante: de boca generosa, nariz no demasiado pequeña ni corta y mandíbula fuerte.

A Rachel se le hizo un nudo en el estómago. No sabía dónde mirar ni qué hacer. Hechizada, contempló a aquel hombre, que sobrepasaba con mucho lo que ella hubiera podido imaginar para sí misma. No había ninguna razón para que ella le gustara ni lo fascinara.

Respiró hondo. Se sentía mareada.

Gio no podía hablar en serio, pero no parecía que se estuviera burlando de ella. Ni siquiera sonreía.

Con el corazón desbocado, miró al bebé, que, por fin, se había dormido con el pulgar en la boca. Era tan guapo y dulce... Lo quería mucho.

–Se ha dormido. Creo que dormirá toda la noche sin volver a llorar.

–Muy bien.

Ella se dirigió a la cuna y lo dejó en ella. Dormido, el niño se estiró y suspiró. Rachel lo observó durante unos segundos con una mezcla de emociones: amor, ternura, preocupación y esperanza.

Oyó la puerta cerrarse y comprobó que Gio se había ido.

Cuando Rachel se despertó, la habitación estaba oscura. Vio que la puerta que separaba su habitación de la de Michael se hallaba cerrada. Se levantó de un salto y corrió a abrirla. Las cortinas estaban descorridas y entraba una tenue luz. Vio a la señora Fabbro andando por la estancia con Michael en brazos, hablándole en italiano. El pequeño le contestaba con balbuceos, como si los dos sostuvieran una conversación.

Rachel, aún con el pulso acelerado, sonrió. Parecía que Michael adoraba a aquella mujer italiana.

La señora Fabbro vio a Rachel.

–*Buongiorno* –la saludó.

–¿Es muy tarde?

La señora Fabbro no pareció entender la pregunta, pero cruzó al habitación y pulsó un botón.

–*Il Signor Marcello vi aspetta.*

Rachel tampoco entendió a la mujer. Extendió los brazos para darle a entender que quería agarrar al bebé. La señora Fabbro se lo dio de mala gana.

Rachel lo besó en la mejilla. Olía a limpio. Debía de haberle bañado.

–¿Ha comido? –preguntó–. ¿*Bottiglia di latte*? –dijo intentando recordar las palabras para «botella» y «leche».

–*Due*.

–Se ha tomado dos biberones –la voz de Gio sonó a su espalda.

–¿Dos? Nunca toma tanta leche cuando se despierta.

–Es mediodía. Lleva cuatro horas levantado.

–No sabía que era tan tarde. Es increíble que haya dormido tanto.

–He dicho que no te molestaran. La señora Fabbro se ha ocupado de Michael. Te va a resultar difícil que te lo deje. Le encantan los niños, y no le gusta que crezcan.

–¿Tiene buenas referencias?

–Las mejores. Fue la niñera de Antonio y mía –su expresión se dulcificó al mirarla–. Hoy le he dicho que Michael es hijo de Antonio. No he podido engañarla cuando me lo ha preguntado.

–¿Lo ha adivinado?

–Sabía que tenía que ser de Antonio o mío. Tiene los rasgos de los Marcello.

–¿Ves el parecido?

–Sí.

–¿Vas a hacerle otra prueba de ADN, de todos modos?

–El resultado no va a cambiar, ¿verdad?

Ella negó con la cabeza.

–Tu la encargaste a una compañía famosa, que yo he utilizado en alguna ocasión –Gio frunció el entrecejo–. Debes de tener hambre.

Su brusco cambio de tema despertó la curiosidad de Rachel.

–¿Te has hecho una prueba de ADN?

–Es casi la hora de comer. Hablaremos después.

No iba a decírselo, era evidente. Rachel abrazó a Michael.

–No puedo comer antes de haberme tomado un café.

–¿Tomas mucho?

–Vivo en Seattle. Allí nos gusta el café –el bebé no

quería que lo abrazara tan estrechamente. Se retorció en sus brazos. Rachel, sonriendo, aflojó el abrazo–. Esta mañana quiere pelea. Es evidente que está mejor.

La señora Fabbro le tendió los brazos para volver a agarrarlo. No sonreía y la expresión de sus ojos intimidaba.

–¿De verdad que fue vuestra niñera? –preguntó Rachel.

–Así es –contestó Gio sonriendo–. Y nos mimaba mucho. No te dejes engañar por su severa expresión.

Rachel le entregó al niño y la señora se alejó de ellos con él en brazos.

–No hacía falta que te llamara para que vinieras –apuntó ella.

–Llamaba a Anna, pero yo estaba más cerca. No tienes que preocuparte por Michael mientras esté con ella. No pudo tener hijos propios, por lo que Antonio y yo nos convertimos en sus hijos. Estaba muy unida a Antonio, hasta el punto que, cuando él se trasladó a Florencia, se fue con él para cuidar de su casa. Seguía trabajando para él cuando murió –la expresión de Gio se endureció–. Tras su muerte, intenté que volviera aquí, peo no quiso marcharse de casa de mi hermano. Ahora está aquí porque cerramos la villa de Florencia y no tenía dónde ir.

Era un triste historia, pensó Rachel, pero era agradable saber que los hermanos habían cuidado tanto de su niñera y lo mucho que ella los quería.

No obstante, se dio cuenta de que tendría que pelearse con la señora Fabbro para poder estar con Michael.

–Pediré que te traigan café mientras te cambias –dijo Gio–. Cuando estés lista, ven a mi despacho a comer. Miraremos los últimos titulares de la prensa y hablaremos de lo que vamos a hacer.

Capítulo 9

RACHEL examinó los periódicos sobre la mesa del salón adyacente al despacho de Gio. Había muchos, en media docena de lenguas, incluyendo el inglés.

–A la gente le gusta el escándalo –masculló.

–Y el sexo –observó él–. El sexo vende.

Ella lo miró desde el otro lado de la mesa. Parecía estar cómodo y relajado, como si estuvieran disfrutando de una agradable comida en una terraza soleada, y no una tensa comida en un oscuro día invernal.

–Pero no hemos tenido sexo –le corrigió ella.

–Pues tal vez debiéramos.

Ella se puso roja de furia.

–¿Podemos ceñirnos al tema, por favor?

–Lo estoy haciendo.

–No, eso no ha sido apropiado.

–Lo es, si nos casamos.

Ella lo miró horrorizada ¿Por qué se burlaba así de ella?

–No estamos jugando, Gio, y es evidente que no tenemos el mismo sentido del humor: no me gustan tus bromas.

–No estoy jugando, *bella*, ni me gustan las bromas. Te propongo que nos casemos porque nos ahorraríamos el escándalo y recuperaríamos el poder que nos han arrebatado los medios de comunicación. Seríamos nosotros los que controlaríamos la historia.

El cerebro de Rachel no seguía su razonamiento, ya que se había quedado atascado en «te propongo que nos casemos».

–No voy a prestarte atención.

–Pues debieras hacerlo –afirmó él al tiempo que se inclinaba por encima de la mesa para tomarla de la barbilla y mirarla a los ojos–. Una de las empresas de la familia Marcello pasará a ser de propiedad pública dentro de dos semanas. Pero este circo que hemos montado entre los dos supondrá muy mala publicidad para mi familia y la empresa.

–No he montado ningún circo.

–Fuiste tú la que convocaste aquí a los medios.

Era cierto, pensó ella echándose hacia atrás, pero lo había hecho porque él se negaba a hablar con ella. No había tenido otro remedio.

–No sabía nada de lo referente a esa empresa. Vine aquí por Michael, para obtener ayuda para él y poder volver a trabajar. Ya no me queda crédito en las tarjetas. Estoy aquí porque es cuestión de vida o muerte.

Él no dijo nada, pero la miró con expresión implacable.

–Te lo he dicho y te lo repito. Si tuviera medios para ocuparme de Michael, no habría venido. No quería recurrir a ti. Además, me encanta mi trabajo, pero a mi jefe no le interesan los problemas personales. Si no estoy de vuelta el lunes, no podré seguir trabajando.

–Yo no contaría con estar de vuelta el lunes –dijo él en un tono tan duro y despiadado que ella se estremeció.

–Gracias por tu hospitalidad, pero es hora de que me vaya –dijo Rachel levantándose–. Michael y yo nos marcharemos hoy.

Se dirigió a la puerta, pero él se interpuso en su camino.

–No irás muy lejos sin los pasaportes, *cara*. Los tengo yo.

–¿Has revisado mi equipaje?

–No estaban allí. Se quedan con ellos en la recepción del hotel cuando llegas y te los devuelven cuando te marchas.

Giovanni tenía razón. Ella se había olvidado por completo de los pasaportes.

–No puedes retenerme contra mi voluntad. Me prometiste que sería libre de entrar y salir. Pero parece que tu palabra carece de valor y que no tienes integridad.

–Cuidado, *cara*. Una cosa es el escándalo; otra, la difamación.

Los ojos de Rachel brillaban de furia. Respiró hondo con los puños cerrados.

–Me lo prometiste.

–Eres libre de marcharte.

–¿Me devolverás el pasaporte?

–Por supuesto. ¿Lo quieres?

–Sí. Me las arreglaré sola –afirmó ella al borde de las lágrimas–. Michael y yo no necesitamos mucho. Dejaré el empleo y buscaré otro que me permita llevarlo conmigo. Tal vez pueda ser niñera de una familia que me permita tener a Michael...

Él la interrumpió con un fiero beso. Rachel le puso la mano en el pecho para apartarlo, pero al sentir la suave lana de su jersey, se aferró a él. Odiaba a Gio, pero adoraba su olor y sabor.

Él no la besó con ternura. Se apoderó de su boca con una ferocidad que la aturdió. Su lengua le recorrió la boca y la encendió de deseo e hizo que apretara los muslos intentando apagarlo para no perder el control.

Nunca había deseado a nadie como deseaba a Giovanni.

Estaba deslumbrada y sin aliento cuando él alzó la cabeza. Gio le acarició la mejilla y su caricia la recorrió de arriba abajo, le tensó los senos y le endureció los pezones.

–Puedes irte, *bella*, pero mi sobrino se queda –afirmó él mientras le recorría los hinchados labios con el pulgar–. Eres americana y, como dices, no puedo retenerte. Sin embargo, Michael es un Marcello, por lo que su lugar está aquí, con su familia.

Le rozó los labios con los suyos antes de morderle el labio inferior. Ella sintió dolor y placer a la vez.

–Pero no hace falta que te vayas ni que te preocupes de nada. Puedes quedarte como mi esposa y madre de Michael. Eso resolvería muchos problemas de logística y protegería el nombre de los Marcello y sus negocios.

Parpadeando para no verter lágrimas de rabia, Rachel lo empujó, pero él no se movió. Ella retrocedió varios pasos para distanciarse de él.

–No puedes hacerme eso. No lo consentiré.

–¿Qué vas a hacer para detenerme?

–Iré a la policía.

–¿Crees que tu palabra valdrá más que la mía?

–Iré al consulado a pedir ayuda.

–¿Y qué les vas a decir? ¿Qué viniste aquí con mi sobrino y convocaste a los medios con la intención de chantajearme?

–No te he hecho chantaje ni te he amenazado.

–¿Ah, no? ¿No convocaste a los medios? ¿No hiciste declaraciones a la prensa? Tengo una copia de la información que les enviaste. No te has comportado de forma ética, por lo que nadie te considerará inocente.

–¡No puedes quitarme a Michael!

–No voy a quitártelo. Tú lo abandonaste aquí.

–¡No lo abandoné!

–Se lo diste a mi mayordomo y te marchaste. Si no te lo hubiera impedido, te habrías montado en el taxi acuático y habrías desaparecido.

–Te estás inventando una persona que no soy yo. Hice lo que hice porque necesitaba ayuda.

–Es evidente. Y te la voy a dar porque tu desesperación pone en peligro el bienestar de un bebé. No sabías nada de mí ni de mis empleados, y tu impulsividad puso a Michael en peligro.

–No voy a dejar que me manipules.

–¿Y tú sí puedes manipularme?

Rachel fue incapaz de responderle. El corazón le latía a toda velocidad. Finalmente, dijo:

–Casarnos es totalmente imposible. No me quieres. Ni siquiera te caigo bien. Me niego a sacrificarme en beneficio de tus negocios.

–Pero ¿me sacrificarás a mí y mis negocios por tus necesidades?

–Yo no he hecho nada. Tú eres el que te comportas de forma maquiavélica.

–¿Porque quiero proteger a mi sobrino, mi empresa y a mis empleados de una americana codiciosa?

Ella levantó la mano, pero se detuvo en seco, horrorizada por haber estado a punto de abofetearlo.

–Lo estás distorsionando todo con mentiras y medias verdades.

–Viniste a hacerme la guerra, así que no esperes que te compadezca.

–Intentaba ayudar a Michael.

–Lo harás si te casas conmigo.

–Tus negocios no son más importantes que mi futuro.

–¿Y que el de Michael? Quieres que sea parte de mi

familia y que me haga responsable de él. Pero cuando te hago una oferta, la rechazas diciendo que quieres volver a Seattle. Creo que no sabes lo que quieres.

Eso no era verdad. Sabía lo que quería: su dinero, su apoyo económico para volver a Estados Unidos. No deseaba casarse con él para obtener su dinero.

–Estás jugando sucio.

–Te estoy ofreciendo apoyo económico. No seas tonta y orgullosa, *bella*. No rechaces lo que tan desesperadamente necesitas.

Rachel agarró el abrigo y la cartera de su habitación, bajó la escalera corriendo y salió a la calle. Le daba igual quién la viera, que los paparazzi tuvieran enfocadas las cámaras hacia la puerta esperando el siguiente capítulo de aquella escandalosa historia.

La tarde era fría. La acera estaba mojada, pero no tanto como el día anterior. Debía de estar bajando la marea. Rachel anduvo en paralelo al Gran Canal unos metros hasta tomar una calle por la que discurría un canal más estrecho. Repasó su enfrentamiento con Gio deteniéndose en algún aspecto particularmente exasperante, como el asunto de los pasaportes.

Se había olvidado por completo de ellos al deshacer el equipaje, pero no era de extrañar, ya que tampoco los tenía consigo en el hotel. En Estados Unidos, no se quedaban con los pasaportes de los huéspedes en recepción, pero parecía que en Italia lo hacían. No le hubiera importado de no ser por el hecho de que se los habrían entregado a Gio en vez de a ella, y de que él hubiera tenido la desfachatez de quedarse con ellos. Gio sabía que no se marcharía sin Michael. La tenía atrapada y se vanagloriaba de ello.

Dio una patada a un charco y el agua voló en todas direcciones empapándole las piernas. Quería marcharse de Venecia. Detestaba estar atrapada y que Giovanni la hubiera obligado a trasladarse a su casa y la impidiera marcharse.

La visita a Venecia se había transformado en una pesadilla. ¿Cómo se le había ocurrido que podría manejar a Giovanni?

No quería casarse con él ni vivir en Italia, pero no iba a alejarse de Michael. Lo que deseaba era volver a casa con el bebé, contratar a una niñera, volver a trabajar y ordenar su vida de algún modo. Estaba cansada del caos, del estrés y de las cosas que no sabía ni entendía.

Cuando Juliet se quedó embarazada, la vida de Rachel también cambió, ya que tuvo que ocuparse del niño. Cuando murió, se convirtió en su madre. No le había resultado fácil, ya que no había planeado ser madre hasta pasados unos años, al menos una década. Quería centrarse en su profesión y en ahorrar para disponer de un colchón en caso de emergencia. Cuando alguien se pasaba la vida esforzándose y luchando, la idea de tener seguridad económica resultaba muy atractiva. No se le había ocurrido nunca dejar que alguien se ocupara de ella. La idea de pedir ayuda económica la ponía enferma. Quería ser una mujer fuerte y capaz, respetarse a sí misma, cosa que haría si podía mantenerse a sí misma y a los hijos que tuviera.

Rachel deambuló por las calles hasta llegar a la plaza de San Marcos. Había tablones para caminar por ella, ya que estaba inundada. Se metió las manos en los bolsillos y miró dónde pisaba.

¿Qué iba a hacer? ¿Cómo podría proteger a Michael y apaciguar a Giovanni? No iba a casarse con un hombre al que no quería ni, desde luego, con un hombre que no la quisiera.

Rachel tenía una serie de cualidades evidentes: era leal, trabajadora y decidida. Pero, secretamente, era muy romántica.

Deseaba un gran amor apasionado. Quería el final feliz del cuento. Llevaba años esperando a alguien especial y extraordinario, y estaba dispuesta a seguir haciéndolo.

Y ese alguien especial tenía que amarla, no desearla. A pesar de que deseara a Giovanni Marcello, el deseo no era la respuesta, y se sentía avergonzada de reaccionar ante él con tanta facilidad. Desde ese momento, guardaría las distancias. En caso contrario, Giovanni acabaría llevándosela a la cama y arrebatándole la virginidad y los últimos restos de respeto hacia sí misma.

Desde la ventana, Giovanni vio a Rachel salir de la casa. Caminaba con la cabeza gacha y las manos metidas en los bolsillos del abrigo. Al ver la calle que tomaba, se preguntó si iría a la plaza de San Marcos.

Se apartó de la ventana y fue a ponerse unas botas de agua y un pesado abrigo. No sabía por qué iba a ir a buscarla, ya que, al final, ella no tendría más remedio que volver. Y él sabía que no dejaría a Michael. Estaba tan apegada a él como si fuera su madre e intentaba proporcionarle la mejor vida posible. Giovanni lo sabía y ya no dudaba de sus intenciones.

Ni de sus valores. Entendía lo que ella quería porque era lo mismo que él deseaba para el hijo de Antonio. Sin embargo, Michael no podría llevar la vida que se merecía si tenía que dividirse entre Seattle y Venecia, entre dos países y dos culturas, idiomas y costumbres. Y Gio no estaba dispuesto a perder al niño.

No podía mirarlo sin pensar en Antonio y, a pesar de que le doliera recordarlo, era mejor que el vacío del año anterior. Gio había llorado a su hermano durante meses.

Los seis meses anteriores, había hecho todo lo posible para evitar conocer a su sobrino, incapaz de soportar más ira y pesar. Y seguía estando furioso porque su hermano se hubiera negado a seguir uno de los tratamientos experimentales que podía haberle prolongado la vida. También seguía enfadado porque hubiera pasado el último año de su vida prácticamente en Estados Unidos, en vez de con su familia, y porque no hubiera tomado precauciones para no engendrar un hijo con una mujer superficial y ambiciosa que solo se preocupaba de sí misma.

Se sentía desconcertado ante la conducta de su hermano, ya que era una persona extremadamente brillante que no usaba su inteligencia contra los demás, sino que la utilizaba para animarlos a mejorar.

Giovanni lo admiraba no porque fuera perfecto, sino porque intentaba ser bueno.

El pecho comenzó a dolerle y cerró los puños. Había perdido a Antonio, pero, mientras tuviera a Michael en su casa, su sobrino estaría a salvo.

La marea alta había dejado las calles prácticamente vacías. Normalmente, a Gio le gustaba así Venecia, pero no podría disfrutar de nada hasta que su vida personal se hubiera equilibrado. No quería aparecer en los periódicos porque era malo para los negocios que su vida personal fuera noticia.

No se necesitaba gran cosa para que los inversores y los mercados mundiales comenzaran a inquietarse. Tenía que proteger su empresa y a su sobrino. Todo lo demás era secundario.

El agua se hizo más profunda al acercarse a San Marcos. Los pies se le hundieron hasta el tobillo al entrar en la plaza. Se subió a los tablones que evitaba que los turistas y los habitantes de la ciudad se mojaran.

De repente, se le ocurrió que era la primera vez que seguía a alguien desde la ruptura de su compromiso con Adelisa. Ninguna mujer le había importado lo bastante como para ir tras ella. No creía que pudiera volver a sentir emociones, pero la llegada de Michael lo había desestabilizado y Rachel lo estaba haciendo sentir de nuevo, lo cual le resultaba incómodo. Pero, de momento, no podía elegir.

Solo unos cuantos cafés y tiendas estaban abiertos en la plaza. Gio fue mirando en cada uno de ellos buscando a Rachel. No estaba en ninguno. Salió de la plaza doblando una esquina y vio el pequeño café que era el preferido de los venecianos que se tomaban un café de pie y se iban, por lo que no solían ocupar las tres mesas que había al fondo.

Giovanni entró. Rachel estaba sentada a una de las mesas, pero no estaba tomando nada. Tenía las manos en el regazo y la vista fija en un punto indeterminado. Parecía disgustada, perdida.

Saludó a los camareros al pasar y agarró una silla para sentarse frente a ella. Rachel alzó la vista. Sus ojos reflejaban tristeza y desesperación.

–¿Qué haces aquí?

–Seguirte.

–¿Por qué? No tengo pasaporte, por lo que no puedo irme a ningún sitio.

–Me tenías preocupado.

Ella suspiró. Gio se sintió a disgusto al verla tan frágil. Sus amantes eran fuertes y no deseaban nada de él salvo sexo y regalos. No hacía falta prestarles mucha atención ni, mucho menos, ofrecerles ternura o protección.

–Soy más fuerte de lo que parece –afirmó ella, pero había lágrimas en sus ojos y parecía cualquier cosa menos fuerte.

Gio se dijo que la había tratado mal y la había asustado. No le gustaba hacer daño a los demás, sobre todo a las mujeres. Pero no tenía miedo de hacer lo que debía hacer. Si se casaba con Rachel, Michael se quedaría en Venecia. Sería como firmar un contrato, que no firmaría guiado por un sentimiento, sino por sentido práctico.

Sin embargo, había otras formas de conseguir que el niño se quedara en Venecia. Podía pedir la custodia legal, pero esos casos tardaban años en resolverse y no quería pasarse años luchando por la custodia cuando podía conseguir lo mismo casándose con Rachel.

–No lo dudo.

–No me da miedo enfrentarme a ti.

–Es evidente, pero no ganarás –él haría lo que debía, como siempre, y por eso tenía éxito, a pesar de que hacerlo le resultara doloroso.

–Sigo tratando de decidir si te estabas burlando de mí o marcándote un farol.

–No me marco faroles.

Ella apartó la vista de sus ojos. A pesar de la tensión, él no trató de romper el silencio. Había aprendido muy pronto a sentirse a gusto en situaciones incómodas. Él no era como Antonio ni su trabajo consistía en animar o inspirar a otros, sino en ganar dinero y ocuparse de su empresa y de sus empleados. Y era lo que hacía. Los sentimientos no importaban. Lo que importaba era el éxito y la estabilidad.

Pero era difícil centrarse en lo esencial cuando se hallaba sentado frente a una mujer como Rachel. Ella no era Adelisa. No sabía lo que eso significaba, pero no era como su exprometida.

–Sabes que es imposible –dijo Rachel.

–No exageres, *cara*. No es imposible, solo difícil.

–No quiero casarme contigo.

–Eso es lo difícil del asunto.

Capítulo 10

GIOVANNI era despiadado. A Rachel le dolía la garganta y le ardían los ojos.

–Yo no soy nada para ti –dijo ella en voz baja–. Soy tan insignificante como un insecto o una ramita en el suelo. No tendrías problema alguno en pisarme y aplastarme.

–Eso no es vedad.

–Mi vida y mis sueños, comparados con los tuyos, no importan.

–Soy responsable de una enorme corporación. Mis decisiones tienen consecuencias para cientos o miles de personas.

–Te crees lo que dices, ¿verdad? Eres un semidios enamorado de tu poder –esperaba que él se diera cuenta del desprecio que había en su voz. Deseaba ofenderlo porque estaba asqueada y consternada. No había nada en él que admirara–. Parece que lo único que te importa son los negocios.

–Nunca he antepuesto los negocios a la gente –le aseguró él al tiempo que se inclinaba hacia ella y acortaba la distancia entre ambos–. Mis empresas las componen personas, cientos de leales empleados que me importan mucho. Las buenas empresas tratan a sus empleados como a su familia.

Gio había heredado el negocio familiar cuando se

estaba yendo a pique. Su padre había abandonado a su madre para irse a vivir con su amante y Antonio estaba trabajando en Estados Unidos.

Gio lo envidiaba porque él no podía escapar. Se hallaba atrapado en el drama familiar, ya que la amante de su padre era su secretaria, con la que llevaba años de relación.

A los italianos les encantaba un buen drama, sobre todo cuando intervenían el sexo y una mujer lo bastante joven como para ser la hermana mayor de Giovanni.

Él no pudo convencer a su padre de que despidiera a su secretaria y rompiera con ella ni a su madre de que se divorciara. Los días eran penosos, por lo que Gio intentaba centrarse en el trabajo. Al igual que a su abuelo, le gustaba la ingeniería y el dibujo. El único motivo por el que había aceptado trabajar en Marcello Enterprises era porque le encantaba la empresa constructora que había fundado su abuelo.

Pero, con la corporación a punto de quebrar, Gio se plantó y presentó un ultimátum a su padre: o se marchaba o lo hacía él. Su padre creyó que era una broma, pero Gio estaba furioso. No había olvidado el último gran enfrentamiento con su padre.

«A nuestros empleados les debemos una empresa solvente. No debieran tener que preocuparse de si mañana tendrán trabajo ni de cómo llegar a fin de mes. Si no te importa el futuro de una empresa de más de cien años de existencia, lárgate antes de que arruines el buen nombre de la familia».

El padre abandonó el barco, para sorpresa de Gio, y dejó que su hijo mayor salvara lo que pudiera.

La lucha había acabado quince años antes y Giovanni dirigía desde entonces el conglomerado de empresas de la familia. Había tenido que realizar un gran esfuerzo, pero había triunfado. Por eso tenía que proteger lo que había logrado y, sobre todo, a sus empleados.

–La compañía no es una sola cosa; no es una cuenta bancaria ni un edificio de oficinas, sino que son personas. Y estoy dispuesto a hacer lo que sea mejor para ellas. Todas han invertido en el éxito de Marcello's Enterprises porque a cada empleado se le regalan acciones cada aniversario de la fecha en que lo contratamos. Cuanto más años llevan con nosotros, más acciones acumulan, lo que implica que se comprometan con el éxito de la empresa. Cuando, dentro de dos semanas, Borgo Marcello pase a manos públicas, los empleados tendrán la oportunidad de ganar mucho dinero. Es la primera vez que vamos a hacer eso. Hasta ahora, todas nuestras empresas estaban en manos privadas.

Ella no sabía qué decir ni qué hacer con la información que le acababa de proporcionar. Si lo que Gio le había contado era cierto, tenía buenos motivos para intentar proteger a sus empleados.

Rachel no quería que perdieran esa excepcional oportunidad.

–Tiene que haber algo que pueda proteger a la vez a tus empleados y a mí –tragó saliva–. ¿Por qué tenemos que casarnos de verdad? ¿No podemos fingir que vamos a hacerlo hasta que la empresa se convierta en pública?

–¿Fingir durante un año que estamos comprometidos?

–¿Un año? ¿Por qué tanto tiempo?

–El primer año que una empresa se convierte en pública es muy volátil. No quiero incrementar los riesgos ni dañar su credibilidad –Gio tamborileó en la mesa con los dedos–. ¿Y Michael? Dentro de un año tendrá dieciocho meses de edad, andará y estará empezando a hablar. ¿Vamos a poner su mundo patas arriba justo cuando empieza a ganar seguridad en sí mismo?

–No se dará cuenta ni lo entenderá.

–Lo hará si de pronto te marchas de Venecia.

Ella lo miró con los ojos como platos.

–¿Pretendes que yo viva en Venecia todo un año?

–Pretendo que vivas conmigo lo que te queda de vida.

Ella entreabrió los labios, asombrada. Gio había perdido el juicio o estaba muy seguro de su poder. Transcurrieron varios minutos sin que fuera capaz de hablar y Giovanni no parecía dispuesto a hacerlo. La tensión fue aumentando y a ella le entraron ganas de levantarse y salir corriendo. Pero ¿dónde iba a ir? A ningún sitio. Michael seguía en casa de los Marcello y ella no se marcharía de Venecia sin el niño.

–Tú quieres proteger la empresa –dijo, por fin– y yo quiero proteger a Michael. Creo que en eso estamos de acuerdo.

Gio inclinó la cabeza hacia ella.

–Entiendo que haya que minimizar los daños –prosiguió Rachel– ya que los medios están fascinados con nuestra supuesta historia de amor, pero, al final, se fijarán en otras historias y escándalos, por lo que podremos volver a nuestras vidas, esperemos que indemnes.

Gio se limitó a esperar.

–Empecemos por nuestro falso compromiso. Podemos hacerlo. Somos capaces de sonreír en público y fingir. Podemos representar ese papel durante unas semanas o unos meses. Pero que te quede claro que no puedo comprometerme más allá de ese tiempo. Con eso bastará como primer paso para minimizar los daños.

–Entonces, ¿te quedarás aquí lo que dure el compromiso?

–Tengo un empleo, Gio, y, aunque no sea dueña de mi empresa, hay colegas que cuentan conmigo y clientes que esperan mi regreso.

–No quiero que vuelvas a Seattle si vas a llevarte a Michael.

–¿Por qué no?

–No quiero que esté todo el día con una desconocida mientras trabajas. Le privarás de ti y de mí. No es justo cuando quiero que forme parte de mi vida.

–¿Y que haría si me quedara?

–Serías su madre y mi esposa.

–Y me compensarías, ¿verdad? Me pasarías una pensión o me abrirías una cuenta bancaria –Rachel se estremeció–. No es la vida que quiero llevar. Perderé la independencia y la libertad.

–¿Es que ahora disfrutas de ellas? ¿Dónde está tu independencia cuando has venido a mi puerta a suplicar ayuda?

Ella apretó los labios y apartó la mirada.

–Sé qué vida llevas en Seattle. Tienes trabajo, un piso de dos habitaciones, un coche que aún no has acabado de pagar. Es una vida respetable, pero no fantástica. Por ello, no hay motivo para que no consideres otras posibilidades, si no en tu propio beneficio, en el de Michael.

Ella estaba a punto de romper a llorar, por lo que se mordió con fuerza el labio inferior. ¿Un matrimonio sin amor? ¿Qué futuro era ese?

Como si le hubiera leído el pensamiento, Giovanni añadió:

–El amor romántico no lo es todo. Puede haber compañerismo, pasión... Te aseguro que estarás satisfecha.

–¿Podemos dejar de hablar de esto, por favor? –preguntó ella con voz ahogada.

–De momento.

Al salir del café caminaron en silencio varios minutos deteniéndose de vez en cuando para dejar pasar a grupos de turistas.

–El agua está bajando –explicó Gio–. Los turistas han estado esperando en sus hoteles a que la marea bajara y, ahora, vuelven a salir a la calle.

–¿Se inunda así todos los inviernos? –preguntó ella mientras reanudaban la marcha.

–Solemos tener inundaciones en invierno, pero la cantidad varía. Cuando hay *acqua alta*, esta puede alcanzar de pocos centímetros a un metro. El año pasado fue malo. Hubo casi metro y medio de agua y más de la mitad de la isla quedó cubierta. Fue uno de los perores años de los últimos ciento cincuenta.

–Te lo tomas con filosofía.

–No se puede hacer nada. Además, por mucho que suba el agua, la mitad de la isla continúa seca. En San Marcos es donde más sube el agua, lo que produce fotos espectaculares para los turistas, pero no preocupa a los residentes, ya que es algo con lo que contamos. Venecia es una isla entrecruzada por canales. El agua forma parte de nuestra vida.

–Es cierto, pero las inundaciones han empeorado en los últimos años. ¿Se debe al cambio climático?

–Venecia lleva siglos hundiéndose, no solo a causa del cambio climático. Cuanto más se desarrollan las zonas colindantes, mediante la extracción de agua y gas natural, mayor es el impacto negativo en la isla. Es un grave problema que nos preocupa mucho a los que queremos a esta ciudad.

–Creo que todo el mundo la quiere. Es imposible no hacerlo. Parece de otro mundo, una ciudad de cuento de hadas.

–Así que serías feliz aquí.

–No he dicho eso.

–Entonces, lo digo yo: aquí serías feliz. Es una ciudad donde los sueños se hacen realidad.

Extenuada por las emociones vividas ese día, Rachel cenó en su habitación. Tuvo en brazos a Michael hasta que se durmió, y continuó con él otra hora más. Lo quería mucho. El mundo era impredecible y la vida podía resultar abrumadora, pero estaba resuelta a protegerlo y hacer lo mejor para él hasta que dejara de necesitarla.

El niño se despertó a medianoche. Ella lo paseó por la habitación intentando distraerlo, ya que no iba a dejarlo llorar como la noche anterior. No quería que Giovanni reapareciera porque le hubiera despertado el llanto infantil.

Mientras paseaba, se fijó en los cuadros de la pared, las cortinas de seda, las molduras doradas del techo. Allí, todo era antiguo y valioso. Pensó que su mundo era muy distinto, que sus necesidades eran muy sencillas. Se conformaba con poco.

Para ella, una vida cómoda suponía no tener que preocuparse de perder su hogar o de no poder pagar las letras del coche; poder consultar a otro especialista médico cuando necesitara una segunda opinión; salir a cenar de vez en cuando; irse de vacaciones una vez al año y alquilar una casita en la costa de Oregón, algo que su familia había hecho todos los veranos cuando su padre vivía.

Esa era su vida ideal, la que deseaba para sus hijos, cuando los tuviera. Y ahora tenía un hijo: tenía a Michael. Se había convertido en madre mucho antes de lo esperado. Perder a Juliet y convertirse en madre soltera de la noche a la mañana la había dejado en estado de shock.

No se lo había dicho a nadie, pero también estaba enfadada. Le hubiera gustado tener una amiga en quien confiar, pero le preocupaba que la considerara egoísta. Pero ser madre era una gran responsabilidad y ella quería hacerlo bien. Le hubiera gustado estar mentalmente preparada y tener un empleo que le permitiera ser autosuficiente.

Al no haber podido contarle a nadie que estaba asustada, preocupada y enfadada, se había sentido muy aislada y más sola que antes, ya que tenía todos aquellos sentimientos que eran inaceptables desde el punto de vista social, por lo que tenía miedo de que la consideraran una mala persona.

Toda su vida había luchado contra esa sensación de incompetencia. Sabía que era inteligente y capaz, pero no parecía que fuera suficiente. La gente valoraba la belleza, y ella nunca sería hermosa, a pesar de sus intentos por mejorar su aspecto mediante el maquillaje, el ejercicio y el cuidado del cabello.

Pero el maquillaje era una máscara que solo servía para ocultar lo ordinario que era su rostro y la escasa seguridad que tenía en sí misma.

Eso era algo que tampoco nadie sabía.

Parecía segura y profesional por fuera, pero, por dentro, estaba llena de dudas y reproches sobre sí misma.

Y las dos cosas habían aumentado desde la muerte de Juliet. Como Venecia, Rachel se ahogaba.

Gio se sorprendió al ver aparecer a Rachel muy temprano en el comedor. Llevaba unos pantalones negros y un jersey que le estaba grande. No iba maquillada y se había recogido el cabello en una cola de caballo. Estaba guapa, pero parecía cansada.

–Buenos días –dijo ella–. Me han dicho que el desayuno hoy se serviría aquí.

–Sí –contestó él al tiempo que se levantaba y separaba una silla de la mesa para que se sentara.

Ella lo hizo. Al contemplarla más de cerca, Gio notó lo agotada que estaba.

–Michael no ha dormido en toda la noche, ¿verdad?

–Ya estoy acostumbrada.

–No creo que sea bueno para ti. Me gustaría que te sustituyera una enfermera por las noches, al menos durante las próximas semanas. Necesitas descansar. Es difícil conservar la cabeza despejada cuando se está falto de sueño, y nuestra situación es complicada.

–¿Cuándo vas a anunciar nuestro compromiso?

Antes de que él pudiera contestar, la puerta se abrió para dar paso a Anna. Gio miró a Rachel.

–¿Quieres café?

–Sí, una cafetera. Necesito beberme litros.

Gio dio instrucciones a la criada y esperó a que se fuera.

–Lo anuncié anoche.

Ella lo miró horrorizada.

–¿Qué?

Gio agarró el montón de periódicos doblados que

había en la silla de al lado. Ya los había leído. Los colocó frente a ella, con el que estaba en inglés encima.

Marcello, el multimillonario italiano, se casa con su novia americana.

–Así que se lo has dicho.

–No he tenido más remedio. Medios de todo el mundo habían estado llamando a la empresa. Trataron de desviarlos al departamento de relaciones públicas, pero la situación se nos había ido de las manos.

Ella agarró el periódico y lo desdobló para ver la foto que acompañaba el artículo. Era una que les habían sacado en el café el día anterior. Lanzó un suspiro.

–¿Son todos los artículos como este? –preguntó mirando algunas portadas.

–Sí.

–¿Cuánto tiempo durará esta atención constante?

–Hasta que dejemos de ser noticia.

–Me gustaría que fuera lo antes posible.

–Estoy totalmente de acuerdo. Por eso, voy a adelantar las cosas y a proporcionar toda la información de una vez, para que no haya más sorpresas y grandes titulares.

–¿Cómo lo vas a hacer?

–Hoy vamos a mandar las invitaciones para la fiesta de compromiso. Cuando lo hayamos hecho, anunciaremos la celebración de la fiesta y puede que concedamos una entrevista en exclusiva a uno de los periódicos más importantes. Les invitaremos a que vengan y echen un vistazo a los preparativos de la fiesta e incluso les haremos partícipes de nuestros planes de boda.

–Pero tú eres muy celoso de tu intimidad. ¿No abrirá todo eso el apetito de los *paparazzi*?

–Creo que, si resulto más accesible, acabarán por aburrirse.

Ella lo miró con los ojos brillantes, las mejillas sonrojadas, sus emociones reflejadas en el rostro. Le gustaba lo transparente que era. No era la mujer intrigante que había creído al principio. No se parecía en absoluto a las mujeres a las que frecuentaba y tal vez por eso lo atrajera.

–Esperas que me rinda, ¿verdad? Que acepte y que me case contigo.

–Sí.

–Te llevarás una desilusión.

–No lo creo. Lo que creo es que pronto descubrirás que el amor está sobrevalorado, sobre todo cuando el sexo es muy satisfactorio.

Ella se ruborizó.

–Aunque puede que nunca hayas disfrutado del sexo...

–Ya basta. Esta conversación no me parece adecuada.

–¿Cómo vamos a hacer el amor si ni siquiera podemos hablar de ello?

–No vamos a hacer el amor ni a casarnos. He accedido a un compromiso fingido, eso es todo.

Estaba muy colorada y sin aliento. Gio no creyó que estuviera fingiendo. Se preguntó cómo sería en la cama si era así de emotiva y sensible en la mesa del desayuno.

–Entonces, ¿qué hacemos? ¿Te persiguen los fotógrafos todos los días? ¿Esperan a que salgas con Michael a hacer recados? La vida que llevabas se ha acabado. Esta es tu vida ahora.

Ella no dijo nada, pero su expresión era de desagrado. Él pensó que podía cambiársela con un beso. Estuvo tentado, pero, primero, ella debía comprender lo que lo preocupaba.

Buscó el periódico en que aparecía la foto de Rachel llevando a Michael a la puerta del *palazzo*. El titular era sencillo: *El bebé del multimillonario*. La foto y el titular resumían la peligrosa situación que Rachel había creado sin quererlo. Michael era una noticia fascinante y la gente quería saber más de él.

Le enseñó la foto a Rachel y le tradujo el titular.

–Mi abuelo tenía un hermano mayor al que secuestraron arrebatándoselo de los brazos a la madre cuando paseaba. Los secuestradores pidieron un millón de dólares de rescate. Mis bisabuelos lo pagaron. Les devolvieron al niño, que tenía catorce meses, en una caja.

–¿Muerto? –susurró ella.

–Sí. Al final, se arrestó, juzgó y condenó a los tres hombres. Mi abuelo creció con la idea de que era el sustituto de su hermano y con la certeza de que su nacimiento no había paliado el sufrimiento de su madre. El dinero no siempre soluciona los problemas. La riqueza puede convertirte en objetivo de unos desalmados. No quiero que Michael pueda serlo, pero tú, *cara*, has hecho que lo sea.

Rachel palideció y se quedó inmóvil. Gio casi lamentaba haberla cargado con ese peso, pero tenía que entender que el mundo en que él vivía no era como el de ella. En su mundo dominaban el poder y el prestigio, además de la envidia y la codicia. Debía proteger a Michael y a Rachel de los que intentaran destruirlos.

Con el corazón desgarrado, Rachel recordó que la noche anterior, cuando paseaba por la habitación con el bebé, había pensado en el dinero y en lo importante que era para ella sentir que tenía estabilidad y seguridad. No había pensado en la otra cara de la moneda, en que tener mucho dinero podía convertirse en una trampa.

–Siento que, por mi culpa, Michael se haya convertido en el centro de atención del mundo entero. Me pone enferma.

–A partir de ahora, debemos ser cuidadosos y asegurarnos de que está rodeado de buenas personas, de no exponerlo a peligro alguno.

Ella asintió. Michael sería el niño que heredaría una fortuna. No era la vida que había deseado para él. Su intención solo era haberla mejorado.

–Ojalá pudiera volver atrás. Ojalá hubiera sabido...

–A lo hecho, pecho. Ahora tenemos que sacar el máximo partido de la situación.

–¿Celebrar una fiesta aquí no será crearte problemas en tu propia casa?

–Ya he examinado la lista de invitados. Además, habrá muchas medidas de seguridad. La fiesta se celebrará el domingo que viene en el gran salón de baile.

–¿Un baile? ¿No será un cóctel? ¿Algo sencillo?

–Es imposible celebrar nada en un salón de baile del siglo XVII sin que parezca un gran acontecimiento. Además, a todo el mundo le gusta bailar.

–Volviendo a Michael, ¿cuándo anunciarás que es hijo de Antonio y Juliet?

–Nunca.

–¿Cómo? ¿Por qué?

–No hace falta anunciarlo. Lo sabrán las personas cercanas, nada más. Es asunto nuestro.

En ese momento, Anna volvió a entrar con el café y el desayuno.

Rachel le dio las gracias.

–¿A cuánta gente vas a invitar?

–A doscientas sesenta personas. Supongo que solo vendrán unas doscientas.

–Será una gran fiesta.

–El salón de baile es enorme.

–Entonces, ¿por qué no se celebra en otra habitación, en la preferida de tu madre, por ejemplo? Podríamos tener veinte invitados.

–Eso sería precioso e íntimo, pero no transmitiría lo que pretendemos. Una fiesta grande y lujosa no solo transmite seguridad, sino emoción y alegría. Todo lo que queremos que el público relacione con nuestro matrimonio.

–Querrás decir con nuestro compromiso, fingido para ser exactos.

–El objetivo es presentar un frente unido ante todos.

–¿Y tu madre?

–Le diré lo que necesite saber.

–La verdad.

–No voy a provocarle ansiedad ni a preocuparla, si no es necesario.

–No sé actuar, Gio, no se me da bien fingir ni mentir. Si digo una mentira, me pongo colorada.

–Por eso te casarás conmigo. Así no tendrás que preocuparte de tus dotes para la actuación. No habrá un falso compromiso, sino uno de verdad que acabará en boda. Michael tendrá una familia. Podrás ocuparte de él mientras yo me ocupo de mis negocios. Y todo será como debe ser.

Capítulo 11

TODO sería como debía ser para él, que tendría un heredero, una madre para su sobrino y un cuerpo en su cama. Todo muy fácil y conveniente para él.

Ella respiró hondo. Le ardían el rostro y el pecho.

–No te importa que sea un matrimonio de conveniencia, ¿verdad?

–Ya no me hago ilusiones románticas sobre el matrimonio.

–¿Te las hiciste alguna vez?

–Cuando era ingenuo.

–¿Qué pasó?

–Nos comprometimos y estuvimos a punto de casarnos, pero descubrí que ella no me quería. Lo único que quería era un esposo rico.

Racel entendió por qué detestaba tanto a Juliet y por qué había desconfiado de ella al principio.

–Yo no quiero un esposo rico –susurró–. De hecho, no quiero un esposo.

–Lo entiendo, pero ambos sabemos que casarnos es lo mejor para un niño que ha perdido a sus padres sin haber llegado a cumplir un año.

–De pronto, hablas continuamente de «nosotros», cuando hace tres días ni siquiera querías pronunciar su nombre.

–Hace tres días, mis abogados estaban trabajando en el

tema de la custodia. Me estaba preparando para quitarte a Michael, pero te presentaste en mi casa y dejaste al niño.

–Eso es lo que dices, pero no me lo creo. Te habías negado a reconocerlo.

–Me he pasado los últimos meses investigando la legitimidad de tu reclamación y estudiando mis opciones, entre ellas, la de pedir la custodia de Michael y excluirte a ti de ella por completo. Antes de que pudiera decidirme, te presentaste aquí. Creo que pedir la custodia sigue siendo la mejor opción; es decir, si no decidimos criarlo juntos.

–Casándonos.

Él asintió.

Ella soltó una leve carcajada. No la había sorprendido.

–No juegas limpio.

–La vida es injusta, pero estoy haciendo todo lo que está en mi mano para hacerla lo más justa posible para nuestro sobrino, al que creo que quieres.

–Lo quiero mucho.

–Entonces, quedarte y criarlo conmigo no te supondrá un sacrificio tan grande. Me parece que eres una mujer muy capaz. Confío plenamente en ti y en que sabrás adaptarte a tu nueva vida. En caso contrario, no me casaría contigo. Te voy a hacer mi esposa porque posees cualidades que admiro en una mujer y que harán que seas una buena esposa y una madre excelente.

–¿Y no te molesta que no te quiera?

–Me molestaría más que me dijeras que me quieres.

–Es horrible lo que dices – a Rachel se le estaba revolviendo el estómago.

–No creo en el amor romántico. Es falso y variable.

–Pues yo creo que un matrimonio sin amor es horroroso. Hace que parezca frío.

–Te prometo que el nuestro no lo será, si dormimos en la misma cama.

–¡El sexo no es la respuesta a todo!

–Entonces, no soy tu pareja ideal. El buen sexo es profundamente satisfactorio.

Ella se había ruborizado.

–Confías demasiado en ti mismo.

Gio la miró durante unos segundos antes de sonreír levemente. Parecía tan arrogante como cuando lo había conocido, solo dos días antes, aunque le parecía que había transcurrido una eternidad.

–Te propongo un trato –dijo él. Si elaboras un plan mejor que el mío, que proteja a Michael de forma inmediata y le proporcione una familia y seguridad económica, haré lo que me digas. Si no me propones nada mejor, nos casaremos –miró el reloj e hizo una mueca–. Lo siento, pero me van a llamar dentro de unos minutos –se levantó y se dirigió hacia la puerta, pero antes de llegar se detuvo–. Es una situación difícil para los dos, y lo siento.

Y se fue.

Cuando, una hora después, hubo terminado de hablar, Gio se quedó pensativo. Le había resultado difícil concentrarse en la llamada.

Rachel le había dicho que no quería un matrimonio frío, sin pasión y sin amor, y él estaba de acuerdo, aunque no le preocupaba que fuera a haber frialdad o falta de pasión cuando la deseaba tanto.

Se había sentido atraído hacia ella desde el principio, pero había luchado contra esa atracción, del mismo modo que había intentado hacer caso omiso de lo mucho que le había gustado besarla. Le encantaba su boca y deseaba besarla el resto del cuerpo, desnudarla y explorar sus gloriosas curvas: las caderas, los senos, los muslos y lo que había entre ellos.

Pero ya estaba cansado de hablar. No era un hombre de palabras, sino de acción. Se la llevaría a la cama y le demostraría que podía complacerla y que podía ser feliz con él.

Se acercó a la ventana para mirar la laguna. Esa noche la cortejaría y la haría suya. No habría más peleas ni protestas. Ella se daría cuenta de que le gustaba estar en su cama y ser suya.

Volvió al escritorio y pensó que la niebla que envolvía la ciudad hacía que la noche fuera perfecta para salir. Irían en la góndola de la familia, una de las más elegantes de Venecia, y la llevaría a cenar a Il Susurro, su restaurante favorito y, sin lugar a dudas, el más exclusivo de la ciudad. Era muy difícil conseguir mesa allí, ya que solo había cuatro y se reservaban con años de antelación.

Por suerte, siempre había una esperándolo, la de la quinta planta, del mismo modo que el quinto piso era suyo, lo cual no era mucho decir, ya que el edificio era medieval, muy estrecho, y cada piso constaba de una habitación individual y el vestíbulo de la escalera circular.

Quince años antes había prestado dinero a los dueños del restaurante cuando nadie más lo había hecho, ya que nadie quería arriesgarse a invertir en un local en que no cupieran al menos veinticuatro comensales. Pero Gio captó inmediatamente su atractivo: era íntimo, nuevo y exclusivo, por lo que había financiado la restauración del edificio de 1384. Il Susurro había sido un éxito.

Gio llamó a Carlo, uno de los dueños, y le avisó que iría a cenar esa noche.

–¿Cuántas personas, Gio?

–Solo dos. Y se trata de una ocasión especial.

–Siempre lo es cuando pasas a visitarnos.

–Gracias, Carlo. Nos vemos esta noche.

Después, Gio llamó a Allegra Paladin, una antigua amante y la fundadora de Paladin, una tienda de moda veneciana. Cuando la relación entre ambos acabó, cinco años antes, él le había dado dinero suficiente para montar el negocio.

Le dijo a Allegra el vestido que buscaba. Formaba parte de la colección de otoño. Era largo, ajustado, de manga larga, con escote en forma de V y de color verde oliva, con flores rosas y doradas bordadas.

–Ya sé cuál es –contestó Allegra–. Pero no tenemos de tu talla –añadió con humor.

–Muy graciosa, pero ya sabes que no es para mí.

–Entonces, ¿es cierto que vas a casarte? –preguntó ella con tristeza.

–Te prometo que, algún día, encontrarás al hombre adecuado.

–Tú lo eras.

–No es cierto.

–Tenía que haberme quedado embarazada.

–Allegra... –le advirtió él.

–No sé cómo lo ha hecho ella, con lo cuidadoso que eras conmigo con respecto a la protección.

–No quiero seguir hablando de eso. Necesito el vestido hoy y habrá que acortarlo. ¿Puedes mandarme a una costurera a casa esta tarde?

–No parece que esa mujer sea tu tipo.

–Pues lo es: es exactamente mi tipo.

–¿Es que finalmente te has enamorado, Gio?

–No creo que a Rachel le gustara esta conversación.

–Estás enamorado –dijo ella con cierto asombro–. ¿Cuándo es la boda? ¿Ya habéis fijado la fecha?

–De momento, no vamos a hacer públicos los detalles, pero será muy pronto.

Rachel jugaba con Michael después de que este hubiera dormido la siesta cuando llamaron a la puerta. Fue a abrir. Era Anna, acompañada de una mujer con una bolsa en la que se leía *Paladin*.

–El señor Marcello... –comenzó a decir Anna, pero Gio apareció y acabó la frase.

–Tiene algo para ti –dijo él entrando en la habitación como si fuese suya. Le quitó a Michael de los brazos–. Es un vestido para esta noche. Espero que te guste.

Rachel observó que la mujer sacaba de la bolsa un vestido de color verde brillante, bordado con flores rosas y doradas.

–Es precioso.

–¿Te gusta?

–Sí, pero ¿por qué me lo tengo que poner esta noche? ¿No sería mejor hacerlo en la fiesta de compromiso?

–Vamos a salir esta noche. He reservado mesa en un sitio especial.

–Pero nos van a ver. ¿O es eso lo que quieres?

–Habrá niebla, por lo que podremos salir sin ser vistos. Nos marcharemos a las ocho. ¿Te parece bien?

–Sí.

–Muy bien. Ahora, la costurera te va a acortar el vestido y a hacerle cualquier ajuste necesario.

Rachel nunca había tenido un vestido así. El cuerpo se le ajustaba a los senos y la cintura antes de caer en una cascada de seda y encaje hasta los pies. Nunca se había sentido tan femenina. Se recogió el cabello en una cola de caballo a un lado de la cabeza.

A las ocho en punto estaba en el vestíbulo. Gio ya la estaba esperando.

–No me digas que llego tarde –dijo ella cambiándose de brazo el abrigo negro.

–No, llegas puntual. Pero no vas a ponerte ese abrigo. Dámelo.

–¿Qué voy a ponerme?

–Una capa.

–¿Como la de Batman? –preguntó ella riéndose.

–O como la de una princesa del siglo XVIII –agarró la capa de terciopelo negro de la barandilla de la escalera, se la echó sobre los hombros y le ató el cordón de seda alrededor del cuello.

Al rozarle el cuello con los dedos, Rachel sintió un escalofrío de placer.

–No creí que pudiera estar más elegante –dijo ella– pero lo estoy.

–Espera, que aún no he terminado –se sacó algo del bolsillo del pantalón–. No son antiguos ni pertenecen a la familia. Te los he comprado hoy –abrió la bolsita de cuero que tenía en la mano y sacó unos pendientes, cuyas piedras verdes brillaron en su mano.

A ella casi le dio miedo tocarlos. Eran dos esmeraldas con una perla debajo de cada una de ellas.

–¡Qué grandes! –exclamó ella.

–Son espectaculares, pero creo que te estarán bien.

–Espero que no te dediques a gastarte el dinero en mí. No quiero que...

–No me prives del placer de regalarte algo –le levantó la barbilla y le puso un pendiente–. Ahora el otro.

–Esto no es un regalo. Me estás mimando: el vestido, la capa, los pendientes...

–¿Nunca te habían mimado?

–No.

–Pues es una falta imperdonable, ya que mereces que te cubran de joyas.

–¿Cómo si fuera la cortesana de un harén turco? –preguntó ella riéndose.

–O una joven novia que piensa en cómo será el día de su boda.

–Me estás poniendo nerviosa –afirmó ella sonrojándose–. Gracias por los regalos.

–De nada. Estás preciosa.

–Creo que sé lo que estás haciendo.

–¿Y qué es?

–Intentar vencer mi resistencia, ganarme para tu causa.

–Ya te he ganado –dijo él sonriendo abiertamente–. Lo que pasa es que todavía no lo has reconocido –la besó en los labios levemente–. Pero pronto lo harás.

La góndola se deslizó por la laguna, guiada por el gondolero situado en la parte posterior de la embarcación. La noche era tranquila, gracias a la niebla. Las farolas parecían lejanos balones de luz. La quietud creaba un ambiente mágico, y Rachel no dejaba de contener la respiración, encantada.

Agradecía que el gondolero conociera tan bien la ciudad, porque se hallaba perdida. Sin embargo, estaba bien perder el control; era casi un alivio. Había luchado mucho para controlar todo en su vida, pero, esa noche, no controlaba nada, ni siquiera la dirección en qué se desplazaban. Tenía que limitarse a estar sentada y a sentir junto a ella el musculoso cuerpo de Gio.

No veía mucho; a veces nada; otras, distinguía la forma de un edificio o la de una persona andando.

Era un sueño seductor, pensó, una fantasía que la relajaba, por lo que se apoyó en Gio. Sintió el muslo de él contra el suyo y el hombro de ella contra su pecho. Él le pasó el brazo por la cintura y sus dedos le rozaron el estómago. Rachel se sentía mareada y abrumada. Estaba experimentando algunas cosas por primera vez e imaginándose la mano de Gio acariciándole la piel desnuda y hallando la curva de su seno y el hueco entre sus piernas.

Quería que la acariciara y la explorara.

–¿Tienes frío? –le preguntó él casi al oído, al notar que se estremecía.

–Un poco –mintió ella, antes de tomar aire, temblorosa. Gio tenía razón: estaba empezando a enamorarse de él. Lo deseaba y la tentaba la idea de vivir juntos. Nunca habían cuidado de ella ni la habían mimado ni deseado.

Pero el deseo no era amor, y el riesgo era enorme. Si se enamoraba de él, tal vez acabara con el corazón destrozado.

–Casi hemos llegado –dijo él apretándola con fuerza contra sí.

Rachel no entendía la atracción que sentía por él ni los sentimientos que despertaba en ella. No comprendía que pudiera estarse enamorando de alguien que suponía una gran amenaza. Tal vez se debiera a que nunca había sentido semejante atracción física por nadie, ni nadie le había provocado los sentimientos que experimentaba: esperanza, deseo, miedo y necesidad. Había comenzado siendo solo deseo carnal, pero se le había introducido en las venas y transformado en una curiosidad y una necesidad que hacía que quisiera que él deseara no solo su cuerpo, sino también su mente. A ella por entero.

Lo miró. No se podía negar que era muy guapo, demasiado guapo para ella. Además, era brillante, tenía éxito y era inmensamente rico. Las mujeres como ella no conseguían a hombres como él. Gio era el tipo de hombre al que Juliet aspiraba, un hombre que quería llevar del brazo a una mujer perfecta. Y ella, incluso tal y como iba vestida esa noche, no lo era. Ni por asomo.

Gio no sería feliz casándose con ella. Acabaría resentido, y eso, a ella, le partiría el corazón.

Él notó que Rachel, que antes estaba contenta y relajada, de pronto se había puesto tensa.

–¿Qué te pasa?

–Nada.

–Algo te ha molestado. Estás triste.

Ella alzó la cabeza, pero no lo miró a los ojos.

–Todo esto es un error.

–¿El qué? ¿El paseo en góndola? ¿Los pendientes?

–Los regalos, esta cita, tu proposición, nuestro matrimonio... Acabarás odiando que estemos casados, y yo también. Y seremos desgraciados, y yo no puedo soportar más desgracias. Ya he sufrido suficientes desgracias y experimentado suficiente sentimiento de culpa para el resto de mi vida.

–¿De qué te sientes culpable?

–De qué no me siento, sería más adecuado preguntar. Y me compras todas estas cosas bonitas –añadió llevándose la mano a uno de los pendientes– como si me las mereciera, cuando no es así. No soy la que crees, no serías feliz conmigo. Por favor, deja que me lleve a Michael a casa.

Gio le levantó la cabeza. Los oscuros ojos de Rachel brillaban por estar al borde de las lágrimas.

–No sé lo que has hecho ni por qué te sientes culpable, pero no creo que sea tan malo como piensas.

Ella intentó sonreírle, sin conseguirlo.

–¿Por qué te enamoraste de tu prometida?

–Era hermosa, glamorosa y excitante.

–Yo no soy nada de eso.

–Menos mal que no eres superficial y estás vacía. No nos casaríamos si lo fueras.

–¿Ni siquiera por el bien de Michael?

–No. Te lo quitaría. Me haría con su custodia y no volvería a verte.

–¿Y no tendrías remordimientos?

–Ninguno.

Ella se echó a reír.

–Pareces un hombre terrible.

–Lo soy –la besó levemente antes de soltarla. Ya habían llegado, así que se levantó, bajó de la góndola y le tendió la mano–. Pero si hay alguien que pueda controlarme, eres tú.

La angustia que Rachel había sentido unos minutos antes había desaparecido gracias al beso y las palabras de él. No sabía cómo lo había hecho, pero le estaba agradecida. Asió su mano y bajó de la góndola. Al hacerlo, se pisó el bajo del vestido y perdió el equilibrio. Él la sujetó por la cintura y evitó que se cayera.

De paso, la atrajo hacia sí y la abrazó. Ella soltó el aire con fuerza. Debiera separarse de él, pero, por primera vez en mucho tiempo, se sintió segura y apoyada. Sintió que no estaba sola.

Pensó que no quería ni necesitaba el vestido o las joyas, sino a él, en cuerpo y alma. Estaba lista para que la sedujera, para sentir más, tener más, ser más.

Si él la besaba, le devolvería el beso. Si la besaba, lo abrazaría por la nuca e introduciría los dedos en su negro cabello. De puntillas, saborearía sus labios y el interior de su boca, que exploraría mientras él hacía lo mismo con la suya.

Gio le rozó la sien con los labios.

–Tengo miedo de soltarte. Lo único que me falta es que te caigas a la laguna.

–No te preocupes –murmuró ella estremeciéndose por el contacto de sus labios–. Sé nadar.

Él le besó un párpado.

–Pero un caballero no se queda mirando mientras una señora chapotea en el agua. Tendría que lanzarme por ti y ser un héroe, lo cual me molestaría mucho.

Ella soltó una ronca carcajada. Le resultaba difícil pensar con claridad. El pulso se le había acelerado y estaba mareada.

–Desde luego, ya que, entonces, los dos estaríamos mojados y tendríamos frío. Sería mucho mejor que solo lo estuviera yo.

–Pero, cuando volviéramos a casa, debería asegurarme de que estabas bien. Tendrías que darte un baño caliente, secarte a conciencia y ponerte un albornoz. Te sentaría frente a la chimenea con una copa de coñac en la mano hasta que hubieras entrado en calor por completo. Y estaría todo el tiempo cerca de ti para comprobar que cumplías mis instrucciones, lo cual requeriría tiempo y energía. Además, estoy seguro de que mis cuidados te aburrirían.

–Sí, sería horrible –afirmó ella apoyándose en él.

–Lo sería –concedió él besándole el lóbulo de la oreja. Ella se estremeció por la calidez de su aliento–. ¿Lo ves? Te estremeces de desagrado –añadió Gio mientras le acariciaba la barbilla y la mandíbula–. Imagínate lo desgraciada que te sentirías encerrada en mi habitación y desnuda frente al fuego.

Ella volvió a estremecerse, esa vez de anticipación y nervios.

–Creo que es hora de que cenes. Pareces hambriento.

–Lo estoy, pero de ti, *cara*.

Capítulo 12

RACHEL nunca había comido en un comedor privado ni la había servido un camarero que solo atendía su mesa, frente a una enorme chimenea de piedra

La cena había sido excelente. Habían bebido mucho vino. Estaban esperando que les sirvieran el café. Rachel lanzó un suspiro de placer, por el restaurante, la cena y, sobre todo, por la compañía de Giovanni.

–No quiero que sigas preocupándote –dijo él–. No hay motivo para que te desesperes por nada. Puedo satisfacer con facilidad todas tus necesidades económicas.

Rachel contempló su hermoso rostro. Ya no era el desconocido de principios de aquella semana. No lo conocía bien, pero había una innegable atracción y conexión entre ambos que no existía previamente.

–Tengo miedo de dejar de ser yo misma si me caso contigo.

–No vas a ser de mi propiedad ni yo de la tuya.

–No creo que tú puedas ser propiedad de nadie. Eres muy fuerte e independiente.

–Tú eres tan fuerte como yo.

–No es cierto. Si me conocieras de verdad, no lo dirías.

–Tal vez haya llegado el momento de que me expliques por qué te sientes tan culpable.

Ella negó con la cabeza. No era que no quisiera contárselo, sino que no era capaz de hacerlo. Sabía que se horrorizaría tanto como lo estaba ella.

–Incluso a mí me cuesta aceptar la verdad, así que no me quiero imaginar lo que pensarás tú.

–Cuéntamelo – Gio extendió el brazo por encima de la mesa y le acarició la mejilla–. Seguro que no es tan malo como crees.

Rachel no era de la misma opinión, pero estaba cansada de guardarse todas sus emociones y, sinceramente, quería que él lo supiera, ya que estaba resuelto a casarse con ella. Tal vez cambiara de opinión después de haberla escuchado.

–No quería ser madre soltera de este modo. Mi intención era esperar hasta estar preparada para ser una buena madre. No lo soy y me odio por ser como Juliet, tan egoísta... –se mordió el labio inferior con fuerza para no seguir hablando.

Rachel se había puesto el listón muy alto para distinguirse de su hermana. Debía ser más fuerte, más inteligente, mejor.

–¿En qué te pareces a Juliet? ¿Qué has hecho que demuestre que eres tan egoísta?

–Siempre me molestó tener que solucionar los problemas de mi hermana, corregir sus errores. Cuando se enamoró de Antonio y acabó embarazada, me puse furiosa porque una cosa es quedarte sin dinero en tu cuenta bancaria y otra tener un hijo. Juliet nunca tuvo que valerse por sí misma, ya que tenía a mi madre. Y cuando esta murió, ella no supo enfrentarse a la vida y también murió. Y yo heredé a su hijo.

Rachel cerró los ojos y contuvo la respiración mientras se preguntaba cuándo Gio diría algo, pero este siguió callado. Al cabo de unos segundos, se obligó a continuar.

–No me gustaba que mi vida hubiera cambiado y mi sobrino me molestaba. ¿Cómo es posible que lo odiara cuando no había hecho nada?

–No lo odiabas.

–No, pero no era feliz. Y cuando Juliet murió, no sentí amor, sino ira. Sobre todo contra ella, porque pensé que me había dejado sin opciones.

–Esos sentimientos son normales. Cualquier otra persona se hubiera sentido igual.

–Viví buena parte de mi vida eclipsada por mi hermana y, ahora que ha muerto, sigo viviendo así. Ser madre soltera no entraba en mis planes. Era muy importante para mí ser autosuficiente y económicamente independiente antes de casarme y tener hijos. Y en lugar de eso, ya ves: me presento en tu casa a rogar que me ayudes.

–No rogabas. Tu actitud era fiera y desafiante.

Rachel deseó sonreír, pero no pudo.

–No me perdono por haber estado furiosa con Juliet ni por no querer quedarme con mi sobrino huérfano ni por no haber sido mejor hermana para Juliet cuando más me necesitaba.

–Pues debes perdonarte. Si no te perdonas por ser humana no serás feliz.

–No me merezco serlo.

–Claro que te lo mereces. Y no sé por qué te infravaloras. Si te hicieron sentir inferior de niña, te engañaron. Eres hermosa, inteligente, apasionada y leal, lo cual es más valioso que los pendientes que llevas puestos.

Durante el viaje de vuelta en la góndola no hablaron apenas. Gio dijo un par de frases y Rachel sintió que se le helaba el corazón y deseó no haberle contado nada.

Él la tomó de la mano para bajar de la góndola y no la soltó mientras entraban en el *palazzo*. Cuando la puerta se hubo cerrado, se volvió hacia ella.

–Tu hermana murió trágica e inesperadamente, pero no tienes la culpa.

–Sufría depresión posparto.

–Entiendo que la llores, pero no eras responsable de ella.

–Pero yo era...

–No, eso no es verdad. No pretendo saber cómo funcionaba tu familia, pero no viniste a este mundo a cuidar a tu hermana, sino para ser tú, vivir tu vida y ser feliz.

–Puede ser, no lo sé. Pero sí sé que no puedo fallarle a Michael.

Se quedaron callados durante unos segundos y, después, Gio le desató el cordón de la capa.

–Quieres decir que no podemos fallarle –la corrigió él al tiempo que le tendía la mano–. ¿Subimos juntos a ver cómo está?

Michael dormía en la cuna y la señora Fabbro descansaba en una silla cercana con los ojos cerrados. Los abrió cuando ellos se le acercaron. Gio le habló en voz baja, ella le contestó, asintió, sonrió levemente a Rachel y se marchó.

–Michael ha estado bien. No ha protestado ni ha habido problemas.

–Siento que hayamos vuelto tan tarde. La señora Fabbro no es una jovencita.

–Está encantada de sentirse necesaria. Se llevaría a Michael a su casa y se quedaría con él si pudiera.

–Pero no me gusta que tenga que dormir en una silla.

–Lo ha hecho porque ha querido. Podía haberse tumbado en la cama. Hacía lo mismo cuando éramos pequeños y teníamos pesadillas.

–¿No era vuestra madre la que os tranquilizaba? –susurró ella al tiempo que se inclinaba sobre la cuna para contemplar a Michael. El niño dormía como un bendito, y Rachel sonrió.

Gio se inclinó también y acarició el cabello de su sobrino.

–Cuando estaba en casa, pero, a veces, se marchaba de viaje con mi padre.

Rachel se emocionó al ver la ternura con que Gio acariciaba a su sobrino.

–Hablando de mi madre, debo decirte algo.

–¿Va a volver pronto?

–No exactamente. Vamos a mi habitación y te lo contaré.

Rachel se puso nerviosa cuando entraron en el dormitorio de Gio. Era una estancia de techo alto con vigas marrones. La cama era muy moderna y estaba cubierta por una colcha blanca. Dos sillones se hallaban situados frente a la chimenea de piedra. Había una mesa cubierta de libros y más libros en la mesilla de noche.

–¿Quieres un oporto? –preguntó él al tiempo que se quitaba el abrigo.

–No, gracias –contestó ella sentándose en uno de los sillones.

–¿Te importa que me tome uno?

–Claro que no.

Fue a la mesa y se sirvió una copita. Se volvió hacia ella y le dijo:

–Mi madre ya no vive aquí ni está con su hermana en Sorrento. Está allí, pero en una residencia. Tuve que tomar la decisión este año. Tiene demencia senil, y era peligroso que siguiera aquí: hay tantas escaleras, habitaciones vacías, ventanas y agua... Más de una vez tuve que sacarla de la laguna. Fue horrible. Y ya no me reconoce.

–Lo siento.

–No sabe nada de Michael. Ni siquiera sabe que Antonio ha muerto. Ya no reconoce a nadie. Voy a verla una vez al mes. Sé que no es mucho, pero me resulta tremendamente doloroso sentarme a su lado y que me pregunte una y otra vez quién soy. No me gusta sentirme impotente, pero así me siento cada vez que la veo.

–Lo entiendo –dijo Rachel en voz baja.

–Yo también lucho contra el sentimiento de culpa. Me siento culpable por no estar más con ella, por no haber podido dejar que siguiera aquí, en su casa. Pero no ha sido un año fácil. La muerte de Antonio... El diagnóstico fue rápido. Después se fue de viaje a vivir su última aventura. Solo volvió para morir. Pero su muerte fue lenta e inhumana –Gio comenzó a desabrocharse la camisa–. Tardó mucho en morir.

–¿Estuviste con él?

–Sí, quería morir en su casa de Florencia. Pasé con él sus últimos treinta y cinco días. No he vuelto desde entonces. Tengo que hacer algo con esa casa, pero no quiero volver. Me trae recuerdos muy dolorosos.

–Este año ha sido difícil para los dos. Me siento mal por haberte juzgado...

–No sigas por ahí. Los dos hemos hecho lo que hemos podido. No hemos podido hacer más.

–Sin embargo, yo siempre pienso que debería hacer más.

–Te pones el listón muy alto –observó él mirándola con intensidad. Ya tenía la camisa abierta.

–Así es –contestó ella mientras pensaba que nunca había visto a nadie tan guapo. El corazón le dio un vuelco cuando él se sentó en el sillón frente al suyo, con el pecho al descubierto. Estaba tan cerca que, si ella se inclinaba, le rozaría el muslo. Sintió la boca seca.

–¿Me das un sorbo de tu oporto? –él le tendió la copa y ella bebió y se la devolvió.

–Ven aquí –dijo él–. Estás muy lejos.

–No tanto. Y creo que estoy más segura aquí.

–No hay ningún canal para caerte en él ni nada con lo que te puedas hacer daño si pierdes el equilibrio.

Ella intentó sonreír, sin conseguirlo. Si le dejaba conseguir lo que quería, sería el primer hombre para ella. Si se casaban, sería el primero y el último.

–Eres tú el que puede hacerme daño –contestó ella sin poderlo evitar.

–¿Por qué iba a hacerte daño?

–Porque somos muy distintos y soñamos con cosas distintas.

–No sé si somos tan distintos. Los dos valoramos la familia. Trabajamos mucho y pensamos en los demás. Queremos que Michael esté seguro y sea un niño querido y feliz. ¿Me he dejado algo?

–¿Podemos ser felices?

–¿Quieres decir juntos?

Ella asintió.

–Sí, si podemos avanzar juntos y olvidar el pasado.

–No es fácil olvidarlo porque tú no podías haber salvado a Antonio, pero yo podía haber salvado a Juliet... –se calló bruscamente y parpadeó para evitar que las lágrimas le rodaran por las mejillas.

–¿Cómo? –preguntó él poniendo la mano sobre las de ella.

–Si hubiera encontrado las pastillas cuando aún no era tarde. Si hubiera sabido que las estaba acumulando y que sufría una depresión...

–Pero ¿cómo ibas a haberlo sabido?

–Tenía que haberme dado cuenta de lo mal que estaba. Durante las semanas anteriores a su muerte, cada vez necesitaba más mi ayuda. Y no me hacía ninguna gracia, cosa que le dije.

–Por eso te sientes culpable –apuntó él apretándole las manos.

–Ojalá pudiera volver atrás y comportarme de otro modo. En vez de sermonearla, debiera haberla llevado al médico.

Gio tiró de ella y se la sentó en el regazo.

–Hiciste todo lo que pudiste –afirmó mirándola a los ojos.

Rachel se mordió el labio inferior para evitar romper a llorar.

–Juliet no me decepcionó –susurró entrecortadamente–. Estoy decepcionada de mí misma.

Él la besó acariciándole los labios con la lengua hasta que ella los abrió. La besó con deseo y ella le apretó el pecho desnudo con las manos. Tenía la piel suave sobre los duros músculos, y ella no sabía si apartarlo o atraerlo hacia sí.

Estaba harta de pelearse consigo misma y de luchar contra su deseo de él. Las cosas llevaban mucho tiempo siendo difíciles y deseaba algo nuevo. ¿Sería posible crearlo a partir de la pérdida y el dolor de ambos? ¿Serían felices juntos?

–Creo que es hora de llevarte a la cama para que dejes de pensar tanto.

–Sigo pensando mucho.

–Sé la solución perfecta para eso –la besó con fuerza

en la boca. A ella se le aceleró el pulso y le temblaron las piernas.

Él se apoderó de su boca con la lengua y Rachel creyó que se iba a derretir. La invadió una ola de calor y apretó los muslos al tiempo que intentaba negar el deseo que crecía en su interior.

Se estremeció cuando él la apretó contra sí sujetándola por la cadera para que notara su excitación. Ella se ruborizó y se odió por hacerlo. Se sentía como si fuera una niña. Su falta de experiencia se había convertido en un problema.

–Sigues pensando –le susurró él al oído.

–Lo siento. Intentaré dejar de... –se interrumpió cuando él le bajó la cremallera del vestido, que le cayó hasta la cintura. Después, la tomó en brazos y cruzó con ella la habitación.

El pánico se apoderó de ella, lo cual le aceleró el pulso todavía más. Deseaba a Gio y estaba contenta de que fuera a ser su primer hombre, pero la inquietaba decepcionarlo. ¿Debía decirle que era virgen? ¿O sería presionarlo demasiado?

Él la dejó en la cama y le acabó de quitar el vestido. Le recorrió con la mirada el cuerpo, solo cubierto por el sujetador de encaje y el tanga a juego, y sonrió con aprobación.

–Las cosas que quiero hacerte –dijo en voz baja. Se colocó encima de ella sosteniéndose sobre los codos para no aplastarla. Al mirarle el rostro pensó que nunca la había visto tan hermosa. Le brillaban los ojos, y la boca le resultaba tan deseable que la volvió a besar.

–¿Y si Michael se despierta? –preguntó ella mientras la besaba en el cuello.

Él no contestó inmediatamente, pues estaba ocupado en mordisquearle el pezón por encima del encaje del sujetador. Ella ahogó un grito y se removió inquieta debajo de él.

–La señora Fabbro está con él –respondió Gio, lamiéndole el duro pezón–. Ha vuelto a la habitación después de marcharnos y va a dormir con Michael esta noche.

–No me lo habías dicho –dijo ella con la voz quebrada en tanto que él le chupaba el pezón y tiraba de él, lo que la hizo jadear y clavarle las uñas en la espalda.

A Gio le encantaron sus suspiros de placer. No había querido estar con nadie durante el año anterior. No había deseado intimidad ni sexo. No había sentido deseo ni nada en absoluto. Pero, en aquel instante, sentía deseo y necesidad y estaba impaciente por poseer a Rachel, por sumergirse en su suave y húmedo centro.

–¿Tomas la píldora? –preguntó él.

–No, no la he necesitado.

–¿Dejas que sea tu pareja la que se proteja?

–Sí, no, quiero decir... –suspiró–. Soy virgen y, por eso, nunca he necesitado protección.

Giovanni se quedó inmóvil y asombrado. ¿Hablaba en serio? Tenía casi veintinueve años. ¿Aún quedaban vírgenes a esa edad?

–Sé que es algo extraño y probablemente incómodo –dijo ella con voz temblorosa–. Lo es incluso para mí, pero aquí estoy, sin sexo y sin emociones–. Extendió el brazo buscando algo con lo que cubrirse.

Él se incorporó.

–No careces de emociones, sino de experiencia, que es distinto.

Ella no contestó. Miraba un punto fijo más allá del hombro masculino, pero él vio que tenía los ojos llenos de lágrimas.

–¿Qué pasó? –preguntó él antes de besarla suavemente en la mandíbula y en la garganta. ¿Te hizo alguien sufrir? ¿Quién te partió el corazón?

–Nadie. Me reservaba para cuando apareciera el verdadero amor. Pero no lo hizo.

–¿Nunca te has enamorado?

–Creo que he estado a punto, pero siempre se acababa antes de que estuviera convencida de que era el amor verdadero.

Él la besó en la clavícula y siguió deslizándose hacia abajo. Ella suspiró y se estremeció cuando le agarró un seno y le acarició el pezón con el pulgar.

–Sin embargo, eres muy sensible –murmuró él deslizando la mano hacia abajo hasta llegar al suave montículo entre sus muslos.

–Eres tú el que me vuelve sensible –susurró ella con voz ronca mientras él la acariciaba suavemente por encima del tanga de encaje.

–O puede que nunca le hayas dado la oportunidad a nadie de hacerte gozar –se inclinó sobre ella y le besó los huesos de la pelvis. Ella contuvo la respiración.

–Si mi cerebro no goza, es difícil que lo haga mi cuerpo –dijo ella con voz ahogada.

–Entonces, ¿cómo explicas esto? –preguntó él después de morder el elástico del tanga.

–No has perdido el tiempo. Te has ganado primero mi mente.

Él le acarició la parte interna de los muslos con la nariz y luego con la lengua. Ella gritó cuando llegó a su centro. Y volvió a gritar cuando le apartó el tanga y la acarició con los dedos y la lengua, abriéndola para excitarla y probar su sabor. Estaba tensa, nerviosa y temblando mientras él la lamía, y respiraba entrecortadamente.

Ella elevó las caderas, pero él le puso una mano en

el estómago para bajárselas y que se quedara quieta mientras él le chupaba su delicado botón, endurecido contra su lengua.

–Gio –dijo ella con voz ahogada agarrándolo por la cabeza.

Notó que ella intentaba no perder el control. Le introdujo el dedo y la acarició mientras volvía a lamerla. Después le introdujo otro dedo y la siguió acariciando por dentro al tiempo que aumentaba la presión en el clítoris.

Ella gritó su nombre al alcanzar el clímax y su cuerpo se tensó en espasmos de placer. Él la abrazó.

–Ha sido increíble –susurró ella, maravillada.

–Muy bien. Pero eso, *bella*, solo ha sido el principio.

Capítulo 13

RACHEL no recordaba haberse quedado dormida, pero, cuando se despertó, se quedó atónita al comprobar que seguía en la cama de Gio. La luz matinal entraba por la ventana. La asaltaron en tropel los recuerdos de la noche anterior.

Se sentó en la cama, pero Giovanni la volvió a tumbar.

–¿Dónde vas? –preguntó con voz soñolienta.

–A ver a Michael –respondió ella mientras él la atraía hacia sí.

–Está con la señora Fabbro. Seguro que no les pasará nada porque sigan juntos un poco más –observó él mientras la besaba y se tumbaba sobre ella.

Ella se estremeció de placer al notar su excitación entre los muslos. La noche anterior la había hecho alcanzar el clímax dos veces, pero seguía conservando la virginidad. Estaba lista para perderla, lista para ser suya.

–Hazme el amor –dijo mientras le rodeaba el cuello con las manos.

–¿No quieres esperar a nuestra noche de bodas?

–No. Es demasiada presión para esa noche. Y yo ya siento bastante ahora.

–¿Por qué?

No sabía cómo explicarle que su inexperiencia era un problema para ella. Lo deseaba y se alegraba de que fuera el primero, pero estaba muy nerviosa y preocupada porque pudiera decepcionarlo. Una cosa era ser virgen a los dieciocho; otra, serlo a los veintiocho.

–¿Y si no te gusta? ¿Y si lamentas...?

–Te preocupas en exceso por todo. Deja de pensar y de analizar. Es hora de vivir.

–Estoy de acuerdo. Quiero vivir. Hazme el amor ahora, por favor.

Gio se tumbó de espaldas y la colocó sobre él. Le acarició la espalda y las nalgas. Volvió a acariciárselas hasta llegar al sensible pliegue donde acababan y comenzaban las piernas. Jugueteó con el pliegue mientras ella sentía que se derretía.

–Por favor, Gio –susurró apretando la pelvis contra la de él. Llevaba mucho tiempo esperando aquello, y estaba lista. No quería que él fuera delicado, sino que la hiciera suya.

La mano masculina se deslizó entre sus muslos. Estaba húmeda y caliente. Sus dedos la penetraron con facilidad y salieron para esparcir la humedad alrededor. Ella sufrió una sacudida.

–Gio –dijo entre dientes mientras se arqueaba para que siguiera acariciándola.

Él la tumbó de espaldas y se puso encima de ella. Le separó los muslos con las rodillas para abrirla. Ella miró su hermoso rostro al notar el extremo de su masculinidad en la entrada. Él la besó en la boca.

–No quiero hacerte daño –susurró.

–Solo será la primera vez, así que vamos a acabar de una vez.

–Qué pragmática –murmuró él sonriendo–. Me gusta tu franqueza, pero no resulta sexy.

–No soy sexy –contestó ella con voz ronca al tiempo que él la presionaba con su masculinidad en la entrada de su centro.

Ella soltó el aire lentamente cuando él empujó. Contrajo los músculos, pero él siguió empujando. Rachel respiró hondo e intentó concentrarse en la calidez y la suavidad que sentía, pero él siguió empujando y ella empezó a sentir dolor. Sorprendida, se dijo que era demasiado mayor para ser virgen mientras se tragaba las lágrimas.

–Te hago daño –dijo él deteniéndose.

–No pasa nada –susurró ella acariciándole la espalda y deleitándose en la suavidad de su piel y la dureza de sus músculos–. No pares.

–*Bella*, cariño...

–No pares, por favor.

La embistió con fuerza. La besó para darle tiempo que se acostumbrase a él. Después, comenzó a moverse, retirándose y volviendo a embestirla. Ella comenzó a experimentar una deliciosa sensación, por lo que se relajó y comenzó a disfrutar del modo en que la penetraba. Se le aceleró el pulso. Gio aumentó el ritmo y ella apretó los músculos en torno a él. La estaba conduciendo a un nuevo clímax. Ella lo agarró por los hombros y elevó el cuerpo para ir a su encuentro buscando la presión y el placer, deseando a Gio y más de lo que estaban sintiendo juntos.

Parecían un solo ser. Ella pensó que así debía de ser el amor: luminoso, intenso, sorprendente y profundamente satisfactorio.

Y, de pronto, tuvo la certeza, por un lado, de que lo amaba; por otro, de que no podía seguirse conteniendo. Cedió a las dos cosas: su corazón se abrió a su amor por él y su cuerpo se entregó al placer bajo él. Gio debió de alcanzar el clímax al mismo tiempo, ya que se tensó, le introdujo los dedos en el cabello y la cubrió con su cuerpo.

Ella cerró los ojos saboreando la sensación del peso del cuerpo masculino. Era maravillosa. Estar con él era maravilloso. Sabía que él no la amaba y que, probablemente, nunca lo haría, pero, en ese momento, se sintió feliz, feliz de verdad, y soltó una alegre carcajada.

Gio alzó la cabeza y la miró.

–¿Te estás riendo?

–Sí –le sonrió. Se sentía estupendamente, muy relajada–. Ya no soy virgen.

–No. Lo siento, *bella*, pero te he desflorado.

–¡Menos mal! ¡Ya era hora!

–Espero que quieras decir que menos mal que he sido yo.

–Por supuesto. Eso también. Ha sido maravilloso, Gio. Has estado maravilloso. Gracias.

Más tarde, Gio la besó y se levantó.

–Voy a pedir que nos traigan café.

–Gracias –dijo ella acurrucándose bajo las sábanas–. Supongo que pasarás el día en el despacho trabajando.

Él se detuvo en la puerta del cuarto de baño.

–Sí, pero voy a trabajar contigo.

–¿Conmigo? –preguntó ella sonriendo.

–Hoy vamos a reunirnos con una periodista de una importante revista británica, la que va a hacer el reportaje de nuestra boda.

–Hoy no, Gio. Aún no. Ni siquiera hemos hablado de la boda ni hemos planificado la fiesta de compromiso.

–Creo que debiéramos hacer las dos a la vez. ¿Por qué no convertimos la fiesta de compromiso en un banquete de boda sorpresa?

A ella se le habían quitado las ganas de sonreír. Y la burbuja de felicidad que sentía en su interior había estallado.

–¿Lo dices en serio?

–No hay motivo para alargarlo. Casémonos y acabemos de una vez.

–Encantador.

–Podemos divertirnos. Hoy, en cualquier caso, vamos a hacerlo. Va a venir alguien de la floristería y de una panadería que está especializada en tartas nupciales.

–Me sorprende que no hayas elegido ya mi vestido.

–También vendrá una diseñadora. Traerá vestidos y bocetos.

–Gio, así no se organiza una boda.

–Rachel, acordamos que haríamos lo mejor para Michael. Eso es lo mejor para él.

Ella apretó los dientes y se tragó las lágrimas.

–Seremos felices, cariño –añadió él.

Ella no contestó.

–No tengo tiempo para hacerte mimos ahora –observó él suspirando–. La periodista y su fotógrafa llegarán dentro de dos horas. ¿Quieres que llame a un peluquero para que te peine para las fotos?

–Lo haré yo.

–Muy bien. Voy a ducharme y a afeitarme. Hoy tenemos que parecer felices. Inténtalo, *bella*, ¿de acuerdo?

Rachel se duchó y se lavó la cabeza y, mientras se le secaba el cabello, pasó media hora con Michael enseñándole las cosas bonitas que había en la casa.

–Esta también es tu casa –le dijo esforzándose en sonreír y en hablar en tono desenvuelto, a pesar de que el corazón le pesaba porque se sentía engañada.

Gio la había seducido la noche anterior para adelantar sus planes.

No había sido una noche de pasión desenfrenada ni el se había sentido sobrepasado por la emoción. Sabía que la periodista vendría ese día para el reportaje de la revista. Y el reportaje era importante porque protegía los negocios de Gio y de sus inversores.

Ella no era importante, sino el medio para conseguir un fin.

Devolvió a Michael a la señora Fabbro. Se vistió y peinó. Apenas pudo soportar mirarse al espejo. Estaba muy dolida. Bajó al piso inferior justo cuando entraban por la puerta la periodista y la fotógrafa.

Giovanni hizo las presentaciones y las llevó a uno de los salones. La fotógrafa preparó el equipo. La periodista inglesa, Heidi Parker, comenzó inmediatamente a hacer preguntas, a las que Gio contestó sonriendo. Parecía muy a gusto. Como Rachel no decía nada, le pasó el brazo por los hombros y la besó en la frente y en los labios, representando el papel de un hombre perdidamente enamorado.

–¿Dónde se celebrará el banquete nupcial? –preguntó Heidi.

–En el salón de baile. ¿Quiere verlo?

Heidi asintió y fue hacia allí con la fotógrafa. Gio abrió las puertas y retrocedió. La estancia hablaba por sí misma. Era enorme, con el techo decorado con frescos barrocos, del que pendían cinco arañas.

A Rachel se le desgarró el corazón cuando Gio explicó algunos detalles de la boda, que sería, sin lugar a dudas, la más hermosa del año. Con la comida se serviría vino de los viñedos de la familia. Pero no era la boda que ella deseaba. No quería que fuera un espectáculo, sino algo íntimo, cálido y lleno de amor.

Salieron del salón de baile y fueron al comedor, transformado en una floristería. Había flores por todas partes, en cubos, jarrones y ramos. Rachel tomó uno y lo olió, momento en que la fotógrafa le hizo una foto.

–Muy bonita –dijo esta sonriéndole.

Gio abrazó y besó a Rachel proporcionándole otra foto, antes de continuar con los detalles de la lista de invitados. Mientras escribía, Heidi comentó que sería un acontecimiento espectacular con todos aquellos invitados de clase alta.

Rachel sintió escalofríos. Gio tenía razón: ella era de clase media. Una mujer de Washington que había tenido que luchar para conseguirlo todo en la vida.

–¿Cómo se siente al saber que la suya será la boda del año? ¿Intimidada? –le preguntó Heidi.

–Mucho –contestó Rachel con voz vacilante–. Los amigos de Giovanni son poderosos e influyentes: aristócratas, millonarios, multimillonarios, pilotos de coches, diseñadores de moda, modelos, actores... No es mi gente –concluyó. Se había dado cuenta de que Heidi y la fotógrafa habían intercambiado miradas cómplices.

Giovanni no pareció molestarse. La besó en la cabeza.

–¿Y el bebé? –preguntó Heidi–. ¿Vamos a conocerlo? Estamos deseando sacar una foto de los tres.

–No. Nuestra intención es proteger su intimidad –respondió Gio con firmeza–. Fue la única condición que puse para la entrevista, que debe centrarse en Rachel y en mí.

–Desde luego –apuntó Heidi–. Ya lo sabía. Pero ¿qué periodista sería si no lo intentara?

Gio señaló la puerta.

–Creo que ha llegado el chef. ¿Vamos a hablar con él de la tarta nupcial?

Heidi y la fotógrafa se quedaron rezagadas. Rachel se acercó a Gio y le susurró:

–Parece que te lo estás pasando en grande con todo esto.

–Es puro teatro.

–No te creo.

Gio miró a Heidi, que se aproximaba, y se encogió de hombros.

–Quiero que la boda quede en la memoria.

–Es gracioso, porque yo quiero una boda que pueda olvidar.

–Has perdido el sentido del humor, Rachel. ¿Por qué no te divierte todo esto? ¿Por qué no disfrutas planeando la boda?

–Porque me parece una terrible extravagancia.

–Pues yo lo considero una oportunidad para volver a la sociedad. Mi meta es proteger la empresa, a los empleados, a mi familia y a Michael –la tomó de la barbilla y se la levantó para mirarla a los ojos–. Y a ti.

–No formo parte de la familia Marcello.

–Todavía no llevas su apellido, pero tu cuerpo ya le pertenece, puesto que yo lo he reclamado.

Dolida y sofocada, ella le contestó:

–No sabes cómo lo lamento.

–No me lo creo, ni tú tampoco.

Dicho lo cual, Gio se dirigió a la cocina, cuyas encimeras estaban llenas de tartas de todas clases. La fotógrafa comenzó a sacar fotos inmediatamente y Heidi fue a conocer al chef.

–Debes reconocer que es una manera sencilla de hacer una entrevista –dijo Giovanni al tiempo que se apoyaba en una encimera y cruzaba los brazos. Rachel se le acercó de mala gana–. Les proporcionamos espectáculo, pero no tenemos que contarles mucho de nosotros.

–Pues a mí me gustaría proporcionarles espectáculo del bueno tirándote una tarta a la cabeza.

–Estás decidida a seguir enfadada –observó él riendo suavemente.

–Debieras haberme dicho anoche que la periodista iba a venir esta mañana porque, entonces, las cosas habrían cambiado.

–¿En qué sentido?

«No te hubiera entregado mi corazón», pensó Rachel al tiempo que apartaba la vista y apretaba los dientes para contener la emoción. «Solo te hubiera entregado mi cuerpo». Pero no estaba segura de que hubiera sido así. Creía que se habría enamorado de todos modos. Tal vez por eso estuviera enfadada. Se había reservado para el verdadero amor, pero se había enamorado de Gio.

–Nada hubiera cambiado, *cara* –añadió él levantándole la barbilla–. Anoche te acostaste conmigo por tu propia voluntad y con alegría. Besé cada centímetro de tu precioso cuerpo y, esta mañana, tras haber dormido muy bien, cuando ya no podías alegar que el vino te hubiera nublado el entendimiento, te arrebaté tu virginidad. No hubo coacción de ningún tipo.

–¿Puedes hacer el favor de no decir «virginidad» tal alto?

–¿Por eso estás tan sensible esta mañana? ¿Habrías preferido pasarla sin hacer nada, saboreando tu primera vez?

–Si sigues burlándote de mí, te vas a ganar una bofetada.

–No me burlo.

–Entonces, ¿qué haces?

–Hacerte rabiar –contestó él besándola en la frente–. Como hacen los amantes –volvió a besarla y sonrió–. ¿Vamos a elegir la tarta?

El chef había preparado un discurso en el que decía que la tarta no era simplemente un dulce con el que acabar la comida, sino que, en la antigua Roma, el novio la estrellaba contra la cabeza de la novia, o se la lanzaba, como ritual de fertilidad.

Rachel apretó los labios.

–¡Qué encantador! –murmuró–. Estoy segura de que la novia lo disfrutaría enormemente.

–¿Estás recuperando el sentido del humor? –preguntó Gio con una sonrisa.

–No, creo que nunca lo recuperaré.

Él rio mientras el chef les mostraba las distintas clases de tartas para que eligieran una. Tras las explicaciones, todos se volvieron hacia Rachel esperando su decisión.

–Me da igual –murmuró abrumada–. La que prefiera Gio.

Este la miró a los ojos.

–Creo que deberíamos inclinarnos por la tarta blanca italiana clásica, que es la más similar a la tarta nupcial americana y que, además, debido al glaseado, simboliza la pureza y devoción de la novia.

Después, la periodista, la fotógrafa y el chef se marcharon, y Rachel y Gio se dedicaron a elegir el vestido de novia. Rachel hojeó los bocetos de maravillosos vestidos blancos, que, en su opinión, eran demasiado formales y no significaban nada para ella. Le resultaba imposible concentrarse en la boda. Al final, le entregó los bocetos a Gio.

–Decide tú. Me da igual.

No era la respuesta que Gio deseaba oír, pero sonrió para ocultar su frustración. Más tarde, una vez en su despacho, se preguntó por qué quería que a Rachel le importara la boda, que se mostrara entusiasmada. Deseaba que los dos disfrutaran de la ceremonia y el banquete, y no sabía por qué.

No se casaban por amor. Era un matrimonio práctico, en el mejor de los casos. Entonces, ¿qué más daba que ella se mostrara emocionada como si fuera la boda de sus sueños?

¿Por qué quería que estuviera contenta de casarse con él? Tal vez porque él lo estaba. Se sentía a gusto en su compañía y le gustaba mucho.

Le gustaba mirarla, acariciarla, saborearla y proporcionarle placer. Incluso deseaba abrazarla, cosa que no le había ocurrido con ninguna mujer desde la ruptura con Adelisa, al menos no después de haber tenido relaciones sexuales. Todo acababa para él cuando alcanzaba el clímax. Pero, con Rachel, el clímax solo era el comienzo, algo casi incidental. La calidez y suavidad de su cuerpo lo incitaban a quedarse, a estrecharla en sus brazos y a volver a hacerle el amor.

Con ella en la cama, se sentía relajado y tranquilo. En paz. Ella encajaba en su vida, en sus brazos y en su corazón.

A Gio no le gustaban las frases románticas ni glorificaba el amor, pero una parte de él creía que casarse podía ser lo más inteligente que hubiera hecho en su vida. Y no solo porque, así, Rachel y Michael se quedarían en Venecia, sino porque conseguiría una compañera fuerte, independiente y autosuficiente en la que podía confiar.

Sin embargo, ella debía confiar en él y ser feliz a su lado.

Rachel entró en el salón que hacía las veces de comedor esa noche. Habían puesto una mesa para dos frente a la chimenea. Unos segundos después llegó Gio con Michael en brazos.

–Creo que ha llegado la hora de que tengamos una cena en familia –dijo él sonriéndole. Michael balbuceó algo, se sacó el puño de la boca y se lo pasó a Gio por la mejilla. Este sonrió y, a ella, el corazón le dio un vuelco.

Estaba más que guapo esa noche y al contemplar su facilidad para relacionarse con Michael le entraban ganas de llorar. ¿Cómo iba a resistirse a un hombre que quería a los niños?

–No te importa que lo haya traído, ¿verdad? –preguntó Gio.

–Claro que no. En Seattle, ceno con él todas las noches –de todos modos, le seguía sorprendiendo lo a gusto que parecía sentirse Gio con el niño. No tenía sentido que un hombre frío y e insensible como él lo llevara de un sitio a otro como si fueran amigos de toda la vida.–. ¿Tienes mucha experiencia con niños?

–Ninguna, ¿no se nota?

–No, se te da muy bien.

–Supongo que ayuda el que Michael me guste mucho –contestó Gio mirando al bebé. Rachel notó que su voz se había hecho más profunda y que se había emocionado. Gio quería a Michael.

–Te recuerda a tu hermano, ¿no?

–Sí. Es un sentimiento agridulce, más dulce que amargo, desde luego. ¿Tú ves a tu hermana en él?

–En absoluto. Es claramente un Marcello.

–Así que no odias a todos los Marcello.

–No te odio, Gio –susurró ella. No podía odiarlo, sino todo lo contrario. Durante los cuatro días anteriores, él se había convertido en algo suyo: su Giovanni Marcello, su imposible veneciano.

O tal vez fuera que ella se sentía suya.

–Muy bien, porque Michael y yo queremos hacerte una pregunta –Gio se sacó del bolsillo una cajita negra.

Rachel supo de inmediato lo que era. Él se dio cuenta de que lo sabía y sonrió levemente. Se dirigió hacia ella mientras Michael golpeaba la cajita. Rachel fue incapaz de moverse.

Al llegar junto a ella, Gio abrió la caja que reveló un anillo con un enorme diamante rodeado de otros más pequeños. Pero él no lo miró, sino que miró a Rachel a los ojos.

–*Bella* Rachel, cásate conmigo.

Llevaba días diciéndole «bella». Rachel sabía que significaba «hermosa», pero ella no lo era.

–No te burles, por favor –susurró.

–¿Por qué crees que no eres hermosa? ¿Por qué supones que me gustaría alguien como tu hermana? Sí, atrajo a mi hermano, pero no era el tipo de mujer que me atrae. Tú encarnas mi idea de belleza.

–Dices eso porque no la conociste.

–¿Crees que no he tenido mujeres hermosas? Tengo treinta y ocho años y soy rico. Atraigo a las mujeres, pero te deseo a ti, *bella,* me atraes tú.

Ella tragó saliva.

–¿Te importa que no me interese tu dinero ni un estilo de vida lujoso? Solo quiero ser una buena madre para Michael y espero que una buena esposa.

–¿Significa eso que aceptas la proposición de Michael y mía?

Él no había hablado de amor, pero tampoco se lo esperaba. No necesitaba que pronunciara la palabra cuando sentía su fuerza, su pasión y su compromiso. Creía que sería un buen esposo, amable y sincero.

–Sí. ¿Puedo ponerme el anillo?

–Si no te importa que Michael lo haya llenado de babas...

–Es la marca de su aprobación –respondió ella extendiendo la mano para que Gio se lo pusiera.

–Mi hermosa Rachel –dijo poniéndoselo, para después besarla–. Me alegro de que hayas recuperado el sentido del humor. Me haces reír y sonreír. Hacía mucho tiempo que no lo hacía.

–Así que aprecias mi belleza y mi inteligencia –apuntó ella acariciándole la mejilla.

–Todo lo tuyo. Me encantan tus ojos y el modo en que transmiten lo que piensas y sientes. Y me encanta que gimas débilmente cuando te beso. Es muy sexy –dicho lo cual, la besó.

–Me muero de ganas de ir a la cama –susurró ella.

–Yo también, ya que voy a enseñarte algo nuevo que te garantizo que te causará un enorme placer.

–No te burles.

–No lo hago. Te lo prometo.

Capítulo 14

RACHEL se miró en el espejo. El vestido era de encaje blanco y se ajustaba a sus curvas antes de abrirse en una falda que le llegaba por encima de la rodilla. Tenía manga larga y cuello alto. El velo era del mismo encaje y la cubría de la cabeza a los pies.

Iba vestida como si fuera una novia virginal, cosa que distaba mucho de la realidad.

Al ponerse uno de los pendientes de diamantes que Gio le había regalado por la boda, se dijo que era feliz. Iba a casarse con alguien compatible con ella, con quien experimentaba un placer increíble. Nunca hubiera imaginado que podía sentir tanto ni experimentar tanto deseo.

Deseaba que Gio la amara, desde luego, que sintiera por ella la mitad de lo que ella sentía por él.

Tal vez por eso el sexo fuera tan bueno, porque no era solo sexo para ella, sino amor. Cuando se entregaba a él por la noche y por la mañana, se entregaba por completo, en cuerpo y alma.

Era afortunada por tener un buen compañero que la ayudara a criar a Michael y que tratara al niño como si fuera su propio hijo. Sin embargo, hubiera sido mejor que él la amara.

Cuando se hubo puesto los pendientes y se preparaba para salir, llamaron a la puerta. Era Gio.

–¿Qué haces aquí? –preguntó ella–. Sabes que trae mala suerte que el novio vea a la novia antes de la boda.

–Tengo algo para ti –afirmó él entrando en la habitación con una gran caja.

–Ya me has regalado estos preciosos pendientes.

–Esto es otra cosa.

Entonces, ella se fijó en su expresión. Algo iba mal. Su mirada era sombría, dura y distante.

–¿Qué hay en la caja? –tenía el tamaño de una hogaza de pan. Era de madera tallada y parecía muy antigua y valiosa. Se imaginó que sería un joyero o una caja para guardar algo de valor.

–Tienes que ver lo que hay dentro.

–¿Ahora?

–Sí.

–¿Vamos a tardar mucho? Tenemos que casarnos.

Gio dejó la caja sobre la cama.

–Quiero que veas esto antes de que lo hagamos. Es importante para ti. Para nosotros.

En ese momento, cuando su voz sonaba distante y grave, ella se dio cuenta de lo mucho que lo amaba, de que deseaba ser su esposa y tener un futuro feliz a su lado.

En su fuero interno creía que podría conseguir que, un día, la quisiera y que ambos serían felices juntos.

–¿Por qué ahora? Debe de haber algún motivo.

–Lo hay.

–A juzgar por tu expresión, el contenido no puede ser algo bueno.

–Quiero que sepas lo que yo sé. Después, nos casaremos y criaremos a Michael. Todo saldrá bien.

Ella pensó que Gio no creía lo que decía. Y se sintió aterrorizada.

Rachel se sentó en la cama y tomó la caja en sus manos mientras él se apartaba para situarse junto a la ventana. Ella abrió la caja y vio que contenía sobres y papeles. Se estremeció al reconocer la letra de su hermana. Las cartas, postales y correos electrónicos eran los que Juliet había mandado a Antonio.

Agarró el primer sobre, con fecha del 31 de diciembre; la del siguiente era del veinticinco de diciembre; la del siguiente, del dieciocho.

Con el pulso acelerado, agarró la carta que había en el fondo de la caja, con fecha del 19 de mayo, el día que Antonio había muerto.

Mi querido Antonio:

¿Cómo te atreves a dejarme? ¿Cómo te atreves a marcharte? Te necesito tanto... No sé qué hacer sin ti. Te quiero mucho. Siempre te he querido, y lo sabes.

Me da miedo quererte más que a mi vida. Y ahora te marchas sin siquiera despedirte. No es justo. Tú nunca lo has sido. Me subyugaste y me hiciste creer en el amor y en los milagros. Me parecías un milagro.

Me hiciste soñar, tener esperanza y creer. Y ahora me dices que estás enfermo, que te mueres. Debieras habérmelo contado antes de que te entregara mi corazón y mi alma.

A Rachel le temblaban tanto las manos que no veía lo que estaba escrito, por lo que hizo una pausa y alzó la vista.

–No entiendo –susurró.

–Lo harás –dijo Gio.

Ella tomó aire y siguió leyendo.

No sé cómo criar al bebé sin ti.

No quería ser madre, sino tu esposa, tu mujer, tu amante. Y ahora tengo un hijo, pero no a ti.

Me has partido el corazón.
Me has destrozado.
Tuya siempre y para siempre,
Juliet

Rachel dobló la carta y la volvió a meter en el sobre. Vertió una lágrima que se limpió con la mano y dejó la carta en la caja. No podía seguir leyendo.

–¿Por qué me las has traído? –preguntó con voz ahogada.

–Son todas parecidas.

–¿Las has leído todas?

–Todas no, la cuarta parte aproximadamente. No me pareció bien seguir al no estar dirigidas a mí.

–¿Cuándo las leíste? ¿Las has tenido todo el tiempo?

–La señora Fabbro se trajo la caja cuando se cerró la casa de Florencia. Me la dio hace tiempo, pero leí las cartas anoche. Después, me fue imposible dormir.

–Debieras haberme despertado.

–Entonces, tampoco tú hubieras dormido.

A Rachel le seguían ardiendo los ojos.

–Lo quería de verdad.

–Sí, no me lo creía, pero ahora me he dado cuenta.

–No era tan superficial como pensabas.

–Hay algo que no te he dicho. Antonio también quería a tu hermana. La abandonó no porque no la amara, sino porque no deseaba que lo viera morir. La dejó para protegerla de la fealdad de su muerte.

–¿Cómo lo sabes?

–Le dejó todo en herencia: las casas, las acciones... Todo.

–¿Cómo?

–Le dejo una considerable fortuna para que pudiera criar a su hijo.

Rachel quiso levantarse, pero las piernas no la sostuvieron. Cerró la caja, indignada.

–No lo entiendo. Juliet no recibió nada. No lo sabía.

–Nunca se le dijo.

–¿Por qué no?

–Tomé medidas cuando se leyó el testamento de Antonio para que se investigara la legalidad del documento –Gio se acercó a ella–. Mi hermano tenía un tumor cerebral que no se podía operar. Se estaba muriendo. Su comportamiento era cada vez más errático. Me preocupaba que lo hubieran engañado o coaccionado, así que pedí a la justicia que interviniera.

–Y provocaste la muerte de mi hermana –afirmó ella con voz ronca.

–Tu hermana no quería su dinero: lo quería a él.

–¿Cómo lo sabes?

–Lo rechazó. Rechazó todos los cheques que Antonio le envió. Finalmente, cuando se aproximaba el final de su vida, mi hermano cambió el testamento.

–¿Y todo esto ya lo sabías?

–Fui enterándome poco a poco, pero, sí, sabía que Antonio le había dejado todo a Juliet desde que se leyó el testamento, el pasado junio.

Rachel se levantó temblando.

–Sabías desde que nació Michael que Antonio se había ocupado de sus necesidades económicas e interferiste. Le privaste no solo del apoyo económico, sino también del amor.

–Hice lo que creí que era correcto –contestó él con voz tensa.

–Pero no lo era y no... no sabes nada del amor. No tienes ni idea de lo que significa porque, de lo contrario, no te hubieras preocupado más de tus inversiones que del hijo de tu difunto hermano.

–Me equivoqué, Rachel.

Ella negó con la cabeza. Apenas podía respirar.

–No solo te equivocaste. Ni siquiera eres el hombre que creía, Giovanni –se volvió y se tapó el rostro con las manos. Se apretó los ojos para contener las lágrimas, el dolor y la pena.

Gio le había mentido. Nada en su relación era verdad. Era un hombre falso, egoísta e incapaz de querer a nadie, salvo a sí mismo. Incapaz de amar.

–Menos mal que me lo has dicho ahora –dijo ella ahogando un gemido–. Menos mal que me he enterado antes de que fuera demasiado tarde.

–De todos modos, vamos a casarnos. Tenemos que proteger a Michael.

–¡Eres la última persona de la que me fiaría para protegerlo! Has hecho todo lo que estaba en tu mano para castigarlo.

–Tenía que ser prudente.

–Así lo ves tú, pero no yo. Me marcho. No voy a casarme contigo. No ganaría nada haciéndolo, solo perdería la oportunidad de que me quisieran. Y no merece la pena.

–¿Y Michael?

–Quiero a Michael, pero no te necesitamos. No nos hace falta tu ayuda. No quiero nada de ti. Que te aproveche tu apellido y tu dinero –miró el anillo que llevaba en la mano. Le había parecido precioso cuando él se lo había puesto, pero ahora simbolizaba todo lo que detestaba. Se lo quitó y lo dejó en la cama, al lado de la caja de madera–. Y tus joyas.

–No hablas en serio, *cara*.

–Claro que sí –con manos temblorosas, Rachel se quitó los pendientes y también los dejó en la cama–. Me llevo a Michael de vuelta a Seattle. Lo criaré sola y será un niño querido. Tal vez lo pasemos mal, pero lo haremos con amor.

Gio se le acercó, la tomó del brazo y la atrajo hacia sí.

–Entiendo que estés enfadada. Yo me enfadé anoche.

–Supongo que por distintos motivos.

–No, por los mismos. Mi hermano quería a tu hermana, pero tuvieron una historia de amor trágica y un final igualmente trágico. Sin embargo, la tragedia no va a continuar con nosotros. Acaba aquí y ahora. Michael es hijo del amor y se le educará con amor, no con miedo ni vergüenza.

Ella se soltó de un tirón, retrocedió unos pasos y comenzó a quitarse el velo.

–¡Yo nunca lo avergonzaría! Eres tú el que no querías apoyarlo económicamente porque dudabas de que el amor de tu hermano fuera legítimo.

–Mi hermano ya no era él al final de su vida. El tumor le afectaba el pensamiento crítico, por lo que tomó una serie de decisiones precipitadas. Después de su muerte, me enteré de la existencia de Michael cuando mi equipo de detectives privados me informó, justo antes de Navidad, de que tu hermana había dado a luz en septiembre y de que en el certificado de nacimiento del bebé constaba el apellido de Antonio.

–¿Por qué no te pusiste, entonces, en contacto con mi hermana? –preguntó ella–. Porque creías que era una cazafortunas –añadió al ver que Gio no contestaba.

–Reconoces que la historia de tu hermana es problemática, y yo quería disponer de una prueba de ADN para comprobar que el bebé era hijo de mi hermano.

–Eso fue en diciembre –dijo ella al tiempo que hacía una bola con el velo y se lo lanzaba. No le dio, sino que cayó al suelo–. Estamos en marzo. Una prueba de ADN no tarda tres meses. Todo el tiempo transcurrido no se debe a que estuvieras investigando, sino a tu ceguera. Como ya te había engañado una vez una cazafortunas, suponías que todas las mujeres lo eran. Todo esto no tiene nada que ver con Juliet y Antonio, sino contigo.

–Eso no es verdad.

–Por supuesto que lo es.

–Tu hermana no fue la única que afirmó que había tenido un hijo de mi hermano. Hubo decenas.

–No te creo.

–Muchas lo afirmaron a lo largo de los años y exigieron apoyo económico o, aún peor, un anillo de boda. Se demostró que todas las reclamaciones eran falsas, hasta que apareció Juliet. El dinero impulsa a cometer estupideces.

–Desde luego –afirmó ella cada vez más enfadada–. A ti te ha hecho egoísta, cínico y duro. Piensas lo peor de la gente. Pero cuando supiste la verdad sobre Juliet, hubieras debido hacer lo correcto: ayudarla. Se lo debías a ella y a Antonio.

–Al final, lo hubiera hecho.

–Al final –repitió ella con voz ahogada–. Eso la mató, Gio.

–El dinero no hubiera modificado su estado mental. Era evidente que no estaba bien cuando tú, que estabas con ella, no pudiste ayudarla. ¿Cómo iba a hacerlo yo?

–No te sientes responsable de nada, ¿verdad?

–Mi deber era proteger a mi familia y mis negocios, que dan trabajo a miles de personas. Entregar una cuarta parte de ellos, valorada en millones de dólares, a una joven que se hallaba al otro lado del mundo, podría haber acabado con Marcello Enterprises.

–Los negocios son siempre lo primero, ¿verdad?

–Me educaron para dar prioridad al negocio familiar.

–Creo que, más bien, te refieres a que te educaron para dar prioridad al negocio. La familia viene después, a bastante distancia.

–No voy a disculparme por ser escéptico. Pensaba que tu hermana se había aprovechado de un moribundo, por lo que no estaba dispuesto a que todas sus posesiones fueran a parar a manos de alguien que no lo había querido. Me disculpo por lo mucho que duró la investigación, ya que insistí que se hiciera a conciencia. Ahora me doy cuenta de que tal vez fui demasiado meticuloso. Siento que tu hermana haya muerto, pero mi hermano tampoco está ya. Los dos nos han abandonado, pero no los hemos perdido, porque nos han dejado al hijo de su amor.

–No sigas. No amas ni crees en el amor.

–Eso no es cierto. Te amo.

–¿Y me lo dices ahora? ¿Ahora que todo ha terminado? ¿Cuando ya es tarde? Debes de estar muy desesperado...

Él se le acercó y la atrajo hacia sí. La besó como no lo había hecho hasta entonces. No con dureza y fiereza, ni con el ardor que hacía que ella se derritiera. Aquel beso fue intenso, cargado de emoción y necesidad. A Rachel le pareció que él no solo deseaba sus labios, sino penetrar en su interior y robarle el corazón.

–No puedes tenerme –susurró contra su boca mientras los ojos se le llenaban de lágrimas. Se separó de él–. Se acabó, Gio. Hemos terminado.

–De ningún modo. Tenemos una familia.

–Ya no formas parte de ella.

–Las cosas no funcionan así. No puedes excluirme. Tu hermana no hizo testamento, no dejó dicho que quería que fueras la tutora de Michael. No tienes más derecho sobre él que yo.

–Pero mi deseo de tenerlo es mayor que el tuyo.

–Eso no es verdad. Lo quiero mucho. Es lo único que me queda de mi hermano, lo que lo hace especialmente querido para mí. A diferencia de lo que te sucedía a ti con Juliet, mi relación con Antonio no era complicada. No había en ella culpa, ira, envidia ni resentimiento. Desde su nacimiento, fue mi hermano y mi mejor amigo. Estuve a su lado cuando murió y me destrozó verlo sufrir e irse apagando lentamente. No tuvo una muerte rápida. Tardó semanas en morir. Mi duelo por él fue tremendo. Sigo echándole mucho de menos.

Rachel se quedó abrumada por el amor y la pasión de sus palabras, un amor que antes nunca había demostrado. No debiera estar celosa, pero lo estaba. Había deseado que Gio la quisiera así.

–Y no, no me fui corriendo a Seattle cuando me enteré de la existencia de Michael –prosiguió él–. Tenía que ser prudente sobre ese supuesto hijo, como ya te he explicado. Hubo otras doce mujeres que afirmaron que tenían un hijo suyo. Ya era terrible haber perdido a mi hermano, para, además, tener que enfrentarme a toda aquella codicia y desesperación.

Rachel se estremeció al recordar el estado en que se hallaba cuando llegó a Venecia.

–La desesperación no hace malas a las personas.

–No, pero las hace sospechosas.

–Debieras haberme contado todo esto inmediatamente, el primer día.

–¡Habías llamado a los *paparazzi*, Rachel! Los habías invitado a la puerta de mi casa. ¿Cómo iba a fiarme de ti? –Gio se le acercó y le puso las manos en los hombros–. Los dos hemos cometido errores, pero no vamos a cometer otro hoy. Nos casaremos y formaremos una familia con Michael. Puede que estés dolida y enfadada conmigo, pero no debes dejar que tu ira perjudique a Michael, nuestro bebé.

«Nuestro bebé». Las palabras resonaron en su cerebro y Rachel captó la verdad que había en ellas. Gio siempre iba al grano. Le había revelado lo que era esencial y cierto.

Michael era de ellos. Ya no era de Juliet ni de Antonio. Los dos se habían ido para no volver.

–Lo querremos y protegeremos –añadió Gio sujetándole el rostro con la mano. Ella sintió un cosquilleo ante el contacto de sus dedos–. No seremos egoístas. Aparcaremos nuestras diferencias y haremos lo que es mejor para nuestro hijo.

Rachel miró sus brillantes ojos azules y lo vio a él, no su belleza física, sino su corazón, su fiero y duro corazón. Era un hombre brutal e implacable que había destrozado sus sueños y esperanzas.

–Te quería –dijo ella como si despertara de un sueño–. Te entregué mi corazón, pero lo he recuperado. Ya no es tuyo ni volverá a serlo.

–Podemos solucionarlo –afirmó él mientras le acariciaba la mejilla con el pulgar y descendía hasta la comisura de sus labios–. Y lo haremos, después de la boda.

Los labios de ella temblaron con la caricia. Él la repitió. Ella no sabía dónde mirar. No podía mirarlo a los ojos, así que, llena de rabia y dolor, lo hizo a la barbilla y la boca. ¿Por qué se le había ocurrido ir a Italia? ¿Por qué había creído que en Giovanni encontraría la ayuda que necesitaba?

–No voy a perdonarte.

–No es para tanto, *amore mio*.

–Lo es –le corrigió ella intentando separarse de él.

Pero Giovanni no se lo permitió. La abrazó y la besó suavemente en la frente.

–Los invitados esperan. Te ayudaré a ponerte el velo de nuevo. Vamos a terminar lo que hemos empezado.

Capítulo 15

RACHEL estuvo rígida durante los veinte minutos que duró la ceremonia y como muerta durante el banquete.

Todo se le volvió borroso: la comida, los brindis, la música y la tarta.

Ni siquiera recordaba haber salido a bailar. No sentía las piernas. No sentía nada salvo la mano de Gio en la espalda mientras la guiaba de un sitio a otro guardando las apariencias.

Por fin, terminó todo y se halló de nuevo en su habitación. Pero había dejado de ser suya, ya que habían vaciado el armario y se habían llevado todas sus cosas.

Se sentó en la cama, que ya no era la suya. Se había quedado sin nada. Ni siquiera se sentía ella misma.

La puerta se abrió y volvió a cerrarse. Ella supo sin alzar la vista que era Gio.

–Esta habitación ya no es la tuya –dijo él en voz baja.

–Me has quitado todo lo que tenía –afirmó ella con los ojos llenos de lágrimas.

–Pero también te lo he dado todo: mi hogar, mi apellido, mi corazón...

–No tienes corazón.

–Si eso fuera verdad, ahora mismo no sentiría nada. No me importaría tanto haberte hecho daño ni que estuvieras aquí sola y sintiéndote traicionada y engañada.

Pero me importa mucho. Me duele haberte hecho sufrir y haberte arruinado la boda.

–Basta, por favor. Estás empeorando las cosas. No quiero verte ni hablar contigo. Solo deseo volver a Seattle.

–Pero este es tu hogar, ahora.

–No.

–Sí. Y somos una familia.

–De ninguna manera.

–Y eres mi esposa, y te quiero.

Ella se tapó los oídos y cerró los ojos negándose a escucharlo. Él había ganado. ¿No se daba cuenta?

–Demuéstramelo –gritó al tiempo que se levantaba de un salto–. Haz lo que es mejor para mí. Deja que me vaya.

–Renunciar a ti, a nosotros, no demuestra que te ame. Es una derrota.

–No soy un desafío ni un acuerdo comercial.

–Lo sé. Eres mi esposa.

–No quiero serlo, no así. Aquí –señaló la habitación, la casa y la ciudad que se veía por las ventanas– nunca me sentiré bien.

Tenía que irse. Lo dejaría todo allí. No necesitaba la ropa ni la maleta, solo el pasaporte.

–Me marcho –dijo con voz ronca–. Esta noche. No quiero nada de ti. No quiero dinero, solo mi pasaporte para poder irme.

–¿Y Michael?

–No voy a llevarlo conmigo. De momento se quedará contigo, pero voy a contratar a un abogado para pedir la custodia.

–El juicio puede tardar años, y no creo que ganes.

–¿Qué otra cosa puedo hacer? ¿Quedarme aquí y fingir que no me has mentido y manipulado?

–Te pido que me perdones y que entiendas que yo también me hallaba en una situación difícil.

–No soy una cazafortunas –le espetó ella con los ojos brillantes de lágrimas–. No quería tu dinero, sino a ti.

–Muy bien, porque yo te quiero y, además, te necesito –Gio titubeó–. Necesito que estés conmigo.

–No hablas en serio. Ni siquiera puedes decir esas palabras sin estremecerte.

–Es cierto. No se me da bien hablar de amor y, hasta esta noche, nunca le había dicho a una mujer que la quería. Igual que tú te habías negado a hacer el amor hasta encontrar al hombre adecuado, yo también me he reservado. Solo hay unas cuantas personas a las que quiero de verdad: mi madre, mi hermano, Michael y tú –se acercó a ella–. Sí, a ti. Te quiero, Rachel.

–Lo dices únicamente porque estás desesperado.

–Tienes toda la razón: estoy desesperado. Desesperado porque te quedes, por salvar lo que queda de nuestra boda. El día ha sido horrible, pero nos queda la noche.

–No.

–Sí. Nos queda la noche y todas las noches que vendrán. No voy a dejar que te vayas. Esta es tu casa ahora, conmigo. Rachel, no tenía que casarme.

–Claro que sí. No podías enfrentarte al escándalo de los medios de comunicación al pasar una de tus empresas a ser de propiedad pública.

–El dinero es el dinero. Tengo mucho, pero no compra la felicidad. No me hubiera casado únicamente para proteger mis intereses financieros y mis inversiones.

–Pero me dijiste que...

–Fue una táctica para que te quedaras conmigo. Y claro que quiero que Michael se quede, pero tanto como quiero que lo hagas tú. Me di cuenta en el momento en que apareciste en la puerta. He tardado treinta y ocho años en encontrar a alguien como tú. No pensarás que voy a renunciar a ti, ¿verdad?

A Rachel, la cabeza le daba vueltas. Gio le estaba diciendo lo que ella deseaba que dijera. Sin embargo, ¿por qué había esperado tanto para hacerlo?

–Simplemente, no quieres que me vaya.

–Así es. No hemos celebrado una boda extravagante para que desaparezcas antes de la luna de miel.

–No va a haber luna de miel.

–Por supuesto que la va a haber, pero no si te marchas.

Rachel pensó que Gio estaba empleando una nueva táctica.

–¿Por qué no me lo has dicho antes? –preguntó con recelo.

–Porque era un sorpresa.

Había despertado su curiosidad. Rachel deseaba que le diera igual, pero no era así. Quería saber más, no por el viaje, sino para enterarse de lo que él había planeado para ella; para los dos.

–¿Adónde íbamos a ir?

–A Ravello, en la costa amalfitana.

–¿Nos íbamos a haber llevado a Michael?

–No. Quería estar a solas contigo, mi esposa, mi corazón –la atrajo hacia sí poco a poco, sin hacer caso de su resistencia.

O tal vez fuera que ella no se resistía mucho.

Rachel estaba agotada. El día había sido una montaña rusa de emociones. Y su amor por Gio no era algo endeble, sino intenso, profundo y verdadero.

–Hoy me has hecho mucho daño –susurró ella al tiempo que apoyaba la mejilla en su pecho.

–Lo siento. No quería mostrarte las cartas antes de la boda, pero ¿cómo iba a enseñártelas después? –le acarició el cabello y la espalda–. Hubiera sido peor, así que hice lo que me pareció que era lo correcto: contarte todo lo que sabía.

–Aunque eso implicara arruinarnos el día.

–Prefería eso a comenzar nuestro matrimonio con una mentira.

–¿Y qué me harías en la luna de miel? –preguntó ella cerrando los ojos.

–Te haría el amor tres o cuatro veces al día. Te amaría hasta que te sintieras segura y entendieras que eres la única mujer con la que he querido casarme. No lo he hecho por obligación ni por satisfacer los mercados internacionales –ella lo miró con ojos risueños y tiernos–. Lo digo en serio. Me he casado contigo, *bella*, porque te quiero. Y por si necesitas volver a oírlo: te quiero, te quiero, *ti amo*. ¿Lo has comprendido?

–Creo que sí –contestó ella con el corazón desbocado.

–¿No estás convencida?

–Aún no.

–¿Qué más puedo hacer?

–Llevarme a esa luna de miel –dijo ella humedeciéndose el labio superior con la lengua.

Él sonrió antes de besarla apasionadamente.

–Salimos mañana. Y más vale que tomemos medidas anticonceptivas, o te quedarás embarazada en un abrir y cerrar de ojos.

Epílogo

Un año después

Estaban a finales de marzo y solo faltaba una semana para el primer aniversario de su boda. Iban a marcharse a Ravello para celebrarlo y pasar una segunda luna de miel, algo que tanto Rachel como Gio estaban deseando hacer.

Pero nada había salido según lo previsto.

En vez de estar haciendo las maletas, se dirigían al hospital en la lancha motora de los Marcello. Rachel agarraba con fuerza la mano de Gio. Tenía dolores y estaba asustada.

–Se ha adelantado –ahogó un grito al sufrir otra contracción.

–Casi hemos llegado –dijo él en voz baja antes de besarla–. Creo que está deseoso de conocernos y de jugar con su hermano mayor –añadió mientras le apartaba el cabello de la húmeda frente.

–Pues debiera haberme hecho partícipe de sus planes, porque no estoy preparada. Pero, como es un Marcello, hace lo que le da la gana y espera que los demás se adapten a sus caprichos.

–Ya veo que entiendes a los Marcello –observó él riéndose–. Y ahora vas a tener uno más.

–Menos mal que me encantan los niños pequeños –dijo ella sonriendo levemente–. Solo quiero que esté sano. Me da miedo que se haya adelantado.

–Yo también lo hice. Te prometo que será un bebé perfecto.

–No tiene que ser perfecto. Lo querré sea como sea.

–Lo sé. Eres la mejor de las madres y de las esposas –Gio volvió a besarla–. *Bella Rachel, ti amo*.

–Yo también te amo –le apretó la mano con más fuerza–. Voy a tener otra contracción. Cada vez vienen más deprisa y menos espaciadas. A ver si llegamos de una vez. No quiero dar a luz en una motora.

–Ya casi estamos –la besó en la frente.

–¡Ay! –exclamó ella–. Esto se pone serio.

La motora estaba disminuyendo de velocidad.

–Veo la ambulancia –dijo Gio–. Ya hemos llegado. Todo va a salir bien.

–Con tal de no dar a luz en la lancha, no me quejaré.

Él sonrió, pero no le contestó, ocupado en ayudarla a respirar para soportar el dolor.

–Te quiero –susurró–. Y estoy orgulloso de ti. Juntos hemos creado una vida maravillosa.

Gio le repitió las mismas palabras menos de una hora después mientras tenía en brazos a su hijo recién nacido, al que habían decidido llamar Antonio, en recuerdo de su querido hermano.

A Rachel se le llenaron los ojos de lágrimas al ver a Gio recorriendo la habitación del hospital acunando a su hijo y murmurándole palabras en italiano.

Aunque todavía ella no lo hablaba con fluidez, entendió lo que le decía.

«Te quiero, mi niño bonito».

Pensó que el círculo se había cerrado. ¡Qué asombroso círculo! Lleno de amor y esperanza, y con un final feliz propio de los cuentos de hadas.

Lo que debía de querer decir que los cuentos de hadas se hacían realidad. En Venecia, al menos.

Bianca

Embarazada de un mujeriego

LA DECISIÓN DEL JEQUE

CAROL MARINELLI

El príncipe Kedah de Zazinia era un mujeriego que se había ganado a pulso su reputación, de la cual se enorgullecía; pero, si quería llegar alguna vez al trono, no tenía más remedio que elegir novia y sentar cabeza. En tales circunstancias, pensó que mantener una tórrida relación sexual con su ayudante era una distracción perfecta; sobre todo porque la bella, profesional y aparentemente fría Felicia Hamilton ocultaba un mar de pasiones.

Sin embargo, Kedah tenía un problema que resolver, un secreto que podía poner en peligro sus aspiraciones dinásticas. Y por si aquel escándalo del pasado no fuera suficiente, se presentó uno nuevo: había dejado embarazada a Felicia.

¡YA EN TU PUNTO DE VENTA!